序　言

　　汉语是汉文化的表征,中华民族几千年来在认识自然和社会中所创造的灿烂文化——物质文化和精神文化,无不在汉语中得到广泛而深刻的反映。作为词汇重要组成部分的汉语成语,更是汉民族文化的精华,极富汉民族的文化特征。

　　中华成语,是汉语中经过长期使用、锤炼而形成的固定短语。它是比词大而语法功能又相当于词的语言单位。它结构紧密,一般不能任意变动词序、抽换或增减其中的成分,具有结构的凝固性。用字凝练,意思精辟。其形式以四字居多,也有一些三字和更多字结构的。

　　成语是中华文化的历史沉积。在中华上下五千年的历史长河中,流传下来大量的神话传说、寓言故事、历史事件,它们是我国文化遗产的重要组成部分。人们将这些神话传说、寓言故事、历史事件中的一部分凝固在四字格中,同时赋予了它们特定的含义,发展为典故性成语。如出于《战国策·楚策》的"狐假虎威",出于《燕策》的"鹬蚌相争",出于《齐策》的"画蛇添足",出于《吕氏春秋·察今》的"刻舟求剑",等等,都是历史故事。至于截取古书的文句用为四字成语的,更为普遍。如"有条不紊"取自《尚书·盘庚》"若网在纲,有条而不紊","举一反三"取自《论语·述而》"举一隅,不以三隅反,则不复也"。诸如此类,不胜枚举。其他采用古人文章成句的也为数不少。有人对《汉语成语词典》(上海教育出版社,1978年)中注明来源的4600条四言成语作了统计,结果是:来源于上古至秦汉时期的有3128条,占68%;来源于魏晋南北朝时期的有690条,占15%;来源于隋唐时期的有414条,占9%;来源于两宋时期的有276条,占6%;来源于元明清时期的有92条,占2%。可以说,掌握成语的多寡,往往和熟知中国历史、了解人文典故的程度成正比,是衡量一个人文化底蕴、学识深浅的重要方面。

  灯谜是中华传统文化衍生的艺术形式,成语以其言简意赅的特点和不可移易的本性,自然而然地成为谜人着意挖掘的创作素材。20世纪以来,谜人们遨游在中华知识宝库中,为成语潜心谋面,创作出不计其数的灯谜作品。出于对成语灯谜的偏爱和谜人的责任,笔者从青年时代就开始搜集各类书籍和报纸杂志中散登的成语灯谜,集腋成裘,连同自己补阙的千余则,于2002年编著出版了《中国成语灯谜大典》。该书稿编辑过程中一直采用跟进式嵌入的方法,直至完稿送出版社的前一天,谜作还在继续添加。虽名为"大典",终因受资料有限、编辑技术原始和时间所囿,遗珠之憾至今在胸。

  时代在发展,灯谜在前进。过去的11年间,网络给灯谜创作插上了腾飞的翅膀,更多的青年人由网络走进灯谜,继而以更大的热情迅速投入创作之中。他们勤思好学,敢于突破,不长的时

中华灯谜丛书

当代百家成语灯谜精选

刘二安 时光 主编

中州古籍出版社
·郑州·

图书在版编目(CIP)数据

当代百家成语灯谜精选 / 刘二安，时光主编. —郑州：中州古籍出版社，2014.3（2021.4重印）
（中华灯谜丛书）
ISBN 978-7-5348-4595-6

Ⅰ.①当… Ⅱ.①刘…②时… Ⅲ.①灯谜–中国–选集 Ⅳ.①I277.8

中国版本图书馆 CIP 数据核字（2014）第 000724 号

DANGDAI BAIJIA CHENGYU DENGMI JINGXUAN
当代百家成语灯谜精选

责任编辑 岳鸳鸯
责任校对 牛冰岩
装帧设计 王 歌

出 版 社 中州古籍出版社（地址：郑州市郑东新区祥盛街 27 号 6 层 邮编：450016 电话：0371-65723280）
发行单位 新华书店
承印单位 辉县市伟业印务有限公司
开　　本 890 mm×1240 mm A5
印　　张 8
字　　数 160 千字
印　　数 5 001—7 000
版　　次 2014 年 3 月第 1 版
印　　次 2021 年 4 月第 2 次印刷
定　　价 25.00 元

本书如有印装质量问题，请与出版社调换。

间，使灯谜创作在理念和手法上都有了很大的创新和发展。尤其是，他们把过去一直用于字谜创作的"增损离合"手法大胆移用在成语谜创作之中，出现了一批精巧别致的佳作，令人刮目。

欣闻河南刘二安君征稿出版《当代百家成语灯谜精选》，愚为之雀跃。高兴的是，该书不仅展示了当代谜人风格各异的成语灯谜精粹，也为谜籍补充了近十多年来谜人（尤其是崛起的网络谜人）创作的一批成语灯谜新品。作为多年来专力于中国灯谜书籍编辑出版的谜界巨擘，刘二安君对成语谜作采取按作者排序的方式，更符合灯谜界同仁的阅读习惯，方便大家对因人而异的作品风格进行比较、品味、学习，显示了谜家编书的丰富经验、独特眼光和匠心所在。

第一个系统编著成语灯谜书籍和曾担任《中国谜语库》语词类分类主编，应该是二安君邀我作序的原因吧。盛情难却，无奈笔力不逮，只能拉杂写来，权且作序吧！

武　骝

2013年8月于隐墨居中

武骝，中华灯谜学术委员会常委，连云港市灯谜学术委员会会长。

目 录

万宽燚	1
卫斌虎	2
尹海军	4
文　木	7
方炳良	12
王万森	14
王水松	17
王东雄	21
王正亮	24
王民建	27
王保武	30
王思凯	32
邓凤鸣	35
邓当文	37
代述祥	39
卢育明	41

史宝明	44
叶元旦	46
叶国泉	48
叶春荣	50
叶曙光	53
田鸿牛	55
石昭智	57
石爱民	59
乔北海	61
买立新	65
任焕长	67
伍耿怀	71
刘二安	75
刘之侠	78
刘国瑞	79
吕　祥	81
孙　耀	83
孙胜利	85
安建国	87
朱锦华	89
纪志康	91
纪清华	92
许友金	97
许海魁	99

严宗达	101
吴仁泰	103
张士斌	107
张礼鹤	111
李创龙	114
李牧雏	117
李培镇	119
束洪波	120
杨建忠	122
苏　颖	123
苏德友	125
邱茂文	127
陈书法	128
陈伟斌	130
陈光作	131
陈建平	133
陈征文	134
陈昌年	136
陈振凡	140
陈继耿	142
陈清泉	146
周　昕	150
周跃建	153
孟凡祥	155

昌庆锋	156
林建兴	158
林绍洪	160
武　骝	161
郑庆元	166
金　鸽	167
祖振扣	169
赵子鑫	170
赵首成	171
骆　岩	176
唐盛才	177
徐官礼	179
徐锦忠	180
晏礼峰	182
莫志刚	183
袁廷福	187
郭炳茂	189
陶维松	192
高玉舜	194
崔永凯	195
章春民	197
黄全来	199
黄宜耀	201
黄筑筠	202

黄增荣	204
彭金元	205
赖 兴	206
辞 明	208
蔡 芳	209
蔡建荣	213
蔡祖德	216
蔡秋湖	217
裴 靖	219
潘洁妹	220
薛茂章	222
魏希洪	223
魏育涛	225

成语灯谜集锦 …………………………………… 228

后 记 …………………………………… 240

万宽燚

子时换了一两次（成语，卷帘）	三更半夜
一两次训斥，四五次泪落（成语）	三教九流
看看房间，丢物不少（成语，卷帘）	大失所望
鼓手号手，自幼培养（成语，卷帘）	大吹大擂
特别害怕容颜逝（成语）	大惊失色
十分在行亦霸道（成语）	寸步不让
十分轻率，导致绝育（成语）	寸草不生
平移二次再争取（成语）	干干净净
刚刚富有，名声不大（成语）	才多识寡
刚把话说完，就变叫花子（成语）	才尽词穷
切莫驾车去寻友（成语）	不可开交
莫以成绩定取舍（成语）	不由分说
心中只装着老婆一个（成语，卷帘）	不通人情
三对神经全切除（成语）	六根清净
工作变动特别多（成语，卷帘）	少不更事
参赛队员小腿挂了口子（成语）	比手划脚

未放进大拇指和食指相连的部位（成语）	羊入虎口
是你孩儿的朋友（成语）	君子之交
风又飘飘，雨又潇潇（成语）	吹吹打打
屋中面临杀机（成语）	居心险恶
天价楼市将暴跌（成语）	居高临下
股市下跌之中，灯谜时运不济（成语）	虎背熊腰
独此措施，你我他都不赞成（成语）	举一反三
老板一入土，工作变艰辛（成语）	埋头苦干
盗取密码时，调开小鬼子（成语）	偷天换日

万宽燚，1968年9月生，贵州大方人。大方县灯谜协会会员。

卫斌虎

泪痕和酒，沾了双罗袖（成语）	一衣带水
泪沾红抹胸（成语）	一衣带水
初春离别赴边城，处心积虑夺先机（成语）	三人成虎
微雨夜来过（成语）	下落不明
这孩子，吓我一跳！（成语，卷帘）	大惊小怪

嬴政无道（成语，卷帘）	义不帝秦
哇！魂儿也被勾走了（成语）	天夺之魄
张德（成语）	不翼而飞
问君可曾受约束（成语，卷帘）	不由自主
千里之堤，溃于蚁穴（成语）	以小废大
欢喜入心肠（成语）	乐在其中
曲终时引断肠声（成语）	乐极生悲
一入江湖岁月催（成语）	老于此道
视死忽如归（成语）	有国难投

面出三国·曹植《白马篇》，上句为"捐躯赴国难"。

"神雕大侠"仍未来（成语）	过犹不及
瀼人异其心，应为我冠缨（成语）	因势利导
情注一楸枰（成语）	当局者迷
"我可还没死哪！"（成语）	言犹在耳
谜谜都有气势（成语）	虎虎生威
分明偶不对（成语）	非日非月
脸上依旧风流相（成语）	面不改色
听一言来心欢畅（成语）	闻过则喜
欲报滴水恩（成语）	思若涌泉
吟君诗罢看双鬟（成语）	阅人有素
弟子正念家严信（成语）	徒读父书
可惜没有邮递员来传情（成语）	难以置信

面出歌曲《草原之夜》，上句为"想给远方的姑娘写封信"。

两个铁球同时着地（成语）	等而下之

风雪雷电任随它(成语) 肆无忌惮
雨意欲成还未成(5字成语) 马上得天下
别在路上商议(6字成语) 不可以道里计
清廷此计真毒辣(6字成语半句) 满招损

卫斌虎,1970年生,山西运城人。太原市灯谜学会会员。

尹海军

家里能上网,也能搓麻将(成语) 门可罗雀
万马齐喑究可哀(成语) 惨无人道
碰到困窘事,夫妻就拌嘴(成语) 一穷二白
形单影只真窝火(成语) 一身正气
男足女足状堪忧(成语) 人满为患
坤卦成双成对出(成语) 三三两两
终日唠叨不厚道(成语,卷帘) 义薄云天
真俗气,皇帝死了叫啥,小丫头片子你知道不(成语) 土崩瓦解
孩子,你可要记住了(成语) 小人得志
蜀地漂泊无着落(成语) 川流不息

没有脸面提离婚(成语)	不容分说
替她先生作辩解(成语)	为人师表
吾上高校两年后,身材臃肿像水桶(成语)	五大三粗
当日喝多了,说话轻飘飘(成语)	天高云淡
在世的时候要啥没啥(成语,卷帘)	无中生有
领导双腿直发软(成语)	头重脚轻
喽啰们驾车都猫着腰(成语)	左右开弓
激进派和保守派都有此念头(成语)	左思右想
娶老婆的成本终归一样(成语)	讨价还价
才被扶正,怎能开溜(成语)	刚直不阿
股市若走强,举债再进入(成语)	如牛负重
出门看伙伴,伙伴皆惊忙(成语,回文)	妇人之见
大概的规矩就一两条(成语)	约法三章
二百股票都清仓(成语)	两手空空
自谓虽已年迈,不失农民本色(成语)	告老还乡
村民们仍在不断上访(成语,卷帘)	告老还乡
避孕(成语)	怀才不遇
行棋的瞥了腿,看棋的迷了眼(成语)	走马观花
冒领(成语)	取而代之
密室商量已定,岂可半途而废(成语)	房谋杜断
美术圈子里,办事都可靠(成语)	画地为牢
何谓全天候(成语)	指日可待
找工作,靓丽学子最走俏(成语)	活色生香
只此一家,别无分店(成语)	独行其道

面对失业,满脸坦然(成语)	相安无事
让出季军不要了(成语)	退避三舍
形成包围情势急(成语)	险象环生
老古董配上了手提(成语)	原原本本
母大虫只怕又长胖了(成语)	顾虑重重
曾经受贿,暂放一马(成语)	得过且过
个人泳将,池中发威(成语)	散兵游勇
早晚会看上个黄花闺女(成语)	朝夕相处
明教张教主,恐怕在酒楼(成语,下楼)	肆无忌惮
全都做样子,只等着拿钱(成语)	整装待发
独子无为,双亲难寐(6字成语)	一不做,二不休
单枚炮弹未必能搞定(6字成语)	一发不可收拾
乍闻两项呈阳性,即刻递上老人头(6字成语)	一传十,十传百
这个鼓上蚤,他有点孤单(6字成语)	此一时,彼一时
某条谜尚需润色(8字成语半句)	有则改之

尹海军,1971年12月生,湖南望城人。湖南省灯谜学会副秘书长,长沙市灯谜协会副会长。

文　木

北(成语)　　　　　　　　　　　　　　　一败如水
　　北,训义为"败"。按其方位在五行中属水。
遥知兄弟登高处(成语)　　　　　　　　　一览无余
砖儿何厚,瓦儿何薄(成语)　　　　　　　一模一样
　　砖有砖模,瓦有瓦模,故有厚薄之分。底别解为:一个模子一个样儿。
巨源出岭顶(成语)　　　　　　　　　　　山外有山
自此无复子孙忧(成语)　　　　　　　　　不留后患
家家泉水,户户垂杨(成语)　　　　　　　井井有条
　　井,指泉水。
九重城里无亲识(成语)　　　　　　　　　天子门生
夏衍(成语)　　　　　　　　　　　　　　天长日久
　　衍,引申为扩展或延伸。
遥想钱塘涌雪山(成语)　　　　　　　　　心血来潮
　　心血,指心思精力。
笔经人索老江淹(成语)　　　　　　　　　文弱书生

7

汉使作客胡作主（成语）　　　　　　　　　　　东劳西燕

　　"东""西"分指宾主。燕，通宴。

长庆二年秋，我年五十一（成语）　　　　　　　乐天知命

　　面为白居易诗。古人称虚岁，"五十一"恰为知命之年。

美金刚刚收囊中（成语）　　　　　　　　　　　外圆内方

　　内，通纳。

顾忆罗才是女一号（成语）　　　　　　　　　　头角峥嵘

　　峥嵘，指扮演顾忆罗的演员温峥嵘。

永叔倒屣迎子野（成语，卷帘）　　　　　　　　先睹为快

　　古人家居，席地而坐。因急于见客，以至倒着鞋履出迎。此为"快"字之根。先，张先。

你请客，我做东（成语）　　　　　　　　　　　各为其主

山阴风流不虚传（成语，卷帘）　　　　　　　　名花有主

　　山阴，即南朝宋孝武帝刘骏之女山阴公主刘楚玉。是历史上有名的淫娃。

名落孙山后（成语）　　　　　　　　　　　　　多此一举

绿发朱颜岂能久（成语）　　　　　　　　　　　好色之徒

　　好色，美好的容颜。徒，空也。

樽前若取谋臣计（成语）　　　　　　　　　　　安邦治国

　　底意为：如果在鸿门宴上采取了范增的计策，怎么可能让刘邦来统治这个国家呢？

只为当初恩义重（成语）　　　　　　　　　　　红颜薄命

　　关羽太重恩义，不忍对曹操下手而"薄"军师之"命"。

此去骅骝谙旧路（成语）　　　　　　　　　　　老马识途

谜面	谜底
老榉横溪便作桥（成语）	行将就木

底顿读为"行/将就/木"。将就，勉强适应不很满意的事物或环境。木，本指棺材，别解作"树"。

何我堂堂须眉，诚不若彼裙钗哉（成语）	阳刚之气
江南江北流风异（成语）	阴阳怪气
却教明月送将来（成语）	阴差阳错
竹里梅花相并枝（成语）	君子之交

竹、兰、梅、菊并称"四君子"，故以君子指"竹""梅"。

淡扫蛾眉朝至尊（成语）	张皇失色
我口言我心（成语）	志同道合
周公（成语）	怀瑾握瑜

怀，归向，引申为来。握，在手为握。

男女模特同台秀（成语）	扭转乾坤
衣带渐宽终不悔（成语）	束身自爱

束身，别指因伊人憔悴而"束紧身上衣带"。

于是升舆，叹息而去（成语）	秀才造反

面出《后汉书·严光传》。秀，刘秀。

桥边黄石知我心（成语）	良师益友

良师，张良之师。"知我心"者也。

酣歌归五柳（成语）	其乐陶陶

前"陶"作"喜悦"。后"陶"坐实"五柳"先生陶潜。"乐"字别读 yuè，取"歌乐"之义。

一树浓姿独看来（成语）	孤芳自赏
破船载酒泛中流（成语）	泄漏春光

鲁子(成语) 肃然起敬

禄山宫里养作儿(成语) 苟且偷安

元稹此句暗指贵妃与安禄山的私情。苟且,不正当的男女关系。偷,私通。

画则兰竹石(成语) 郑重其事

郑板桥作画多以奇石兰竹为题。有"字称六分半""画则兰竹石"之谓。

指数函数(成语) 信手拈来

书帙渐高鬓渐衰(成语) 厚积薄发

牢牢闩住公堂大门(成语) 咬紧牙关

牙,旧时官署之称,后作衙。

料得襄王怅惘极,更无云雨到阳台(成语) 哀其不幸

幸,特指帝王与女子欢娱。

过百岁(成语) 度日如年

曾为酒癫狂(成语) 春风一度

春,借指酒。风,通疯,谓"癫狂"。一度,别作"有过一次"。

大把大把扔美元(成语) 洋洋洒洒

将军三箭定天山(成语) 胡服骑射

北人纷扰南人反(成语) 胡搅蛮缠

北人称"胡人",南人称"蛮"。

花轿不是头回坐(成语) 适逢其会

乱翻荷叶风依旧(成语) 倾盖如故

鲁能客场战国安(成语) 泰山北斗

我诗自可传千古(成语) 流风余韵

流风,指流传的诗作。余韵,同义置换"我诗"。

以我年最长,次第来称觞(成语,卷帘)　　　　　　浮一大白

面为白居易诗。白大,指白居易年纪最长。一浮,谓第一个饮酒。

向晚归牛寻熟路,摆头昂鼻不须牵(成语)　　　　特立独行

特,泛指牛。立,决定。

箪食壶浆以迎王师(成语)　　　　　　　　　　　羞与为伍

羞,通馐,进献食物。伍,泛指军队。

不要南轩,不要东墙,只近西厢(成语)　　　　　偏处一隅

花间一壶酒(成语)　　　　　　　　　　　　　唯我独尊

其母惧(成语)　　　　　　　　　　　　　　　堂而皇之

堂,对他人母亲的尊称。皇,通惶,惊慌。

惜可儿此处阙然(成语)　　　　　　　　　　　惨无人道

惜,哀伤。与"惨"之"忧伤"义同。人道,指男性生殖器。冯梦龙《智囊补》:"以手弄其人道,讥呵使者。"

写出胸中块垒时(成语)　　　　　　　　　　　毫发不爽

毫,谓笔毫也。发,抒发。

裁裙约楚腰(成语)　　　　　　　　　　　　　著作等身

读书非药能医俗(成语)　　　　　　　　　　　温文尔雅

廿(成语)　　　　　　　　　　　　　　　　　短兵相接

雪涕(成语)　　　　　　　　　　　　　　　　落花流水

说尽心中无限事(成语)　　　　　　　　　　　道之不存

听其言也厉(成语)　　　　　　　　　　　　　道貌岸然

老邻居(成语)　　　　　　　　　　　　　　　隔墙有耳

老,道家创始者老子及其学说的省称。

周公大圣独遭谤(成语)　　　　　　　　　　毁于一旦

笔下时作蛟龙吼(成语)　　　　　　　　　　豪言壮语

　　豪,通毫,借指毛笔。

眉头一皱(8字成语)　　　　　　　招之即来,挥之即去

　　启下句"计上心来"抵消"之即",以"招来"切面。

为人性僻耽佳句(成语,探骊)　　　　　　　俗不可耐

文木,本名闻春桂。1955年生。中国民协中华灯谜学术委员会主任。

方炳良

单说娘子过玉门(成语)　　　　　　　　　　一语双关

胁夹铁椎,腰多白金(成语)　　　　　　　　力大无穷

　　面出清·魏禧《大铁椎传》。

落日春风中(成语)　　　　　　　　　　　　三人成虎

泻来峻落几千重(成语)　　　　　　　　　　山高水长

独酌芳春酒(成语)　　　　　　　　　　　　与人无干

| 辫子一挥扫群寇(成语) | 毛发之功 |
| 走火着魔,葬身火海(成语) | 出神入化 |

屈原曰:举世皆浊我独清,众人皆醉我独醒,是以见放(成语)

平白无故

  面出《史记·屈原贾生列传》。

指鹿诳言(成语)	白马非马
光焰文章在(成语)	闪烁其词
宝刀脱鞘上云天(成语)	利出一空
剑气凌云(成语)	利出一空
望诸君帮忙(成语)	助人为乐

  战国名将乐毅号望诸君。

| 穿尽红丝几万条(成语) | 赤绳绾足 |

  面出自唐·林杰《乞巧》诗。

| 落荒千里眼模糊(成语) | 走马看花 |
| 刘皇叔洞房续佳偶(成语) | 使君有妇 |

  面为《三国演义》回目。

| 吻了一个又一个(成语) | 亲上加亲 |
| 九方皋相马(成语) | 信口雌黄 |

  典出《列子·说符》。

愤起直追夺魁首(成语)	怒发冲冠
雾锁春山,云迷秋水(成语)	眉目不清
精骛八极(成语)	神通广大
粤曲绕苍穹(成语)	钧天广乐
毛施吻兰芷(成语)	香草美人

风结秦淮一尺冰(成语)	积厚流光
一抹斜阳照燕山(成语)	莫之与京
箫韶一年复一年(成语)	载歌载舞
红颜劫(成语)	掠人之美
雨洒玉盘细无声(成语)	落月停云
春与繁花俱欲谢,愁如中酒不解醒(成语)	落落寡欢
劝君更尽一杯酒(成语)	谦尊而光
湘水流,画舫随波而归;人倒影,遥望竹林依依,犹念二妃(成语)	想入非非
何处得秋霜(3字成语)	乌头白
一树梨花细雨中(5字成语)	大白于天下
惟有功名忘不了(5字成语)	心之官则思

方炳良,1943年9月生,福建莆田人。中国民协中华灯谜学术委员会活动协调部部长。

王万森

比翼翔云汉(成语)	一飞冲天

厂长全面负责制（成语,掉尾）	一手包办
单凭药帖就当官（成语）	一方之任
十访九不见（成语）	一面之交
黄泉共为友（成语,卷帘）	人情世故
处处叫喊扑天雕（成语）	八方呼应
说得扑天雕难合意（成语）	口不应心
梨花一枝春带雨（成语）	大白于天下
狼吞虎咽真吓人（成语）	大吃一惊
处理品积压（成语）	不出所料
总表（成语）	不由分说
远离二奶小三（成语,掉尾）	不近人情
初始为风流,婚配成事实（成语）	开花结果
处处伴愁颜（成语）	乐在其中
欢声响彻古神州（成语）	乐在其中
请倾囊相助（成语）	令人费解
徒弟难遇鼓上蚤（成语）	生不逢时
都说家乡美名传（成语）	白里透红
瞳瞳红日映窗纱（成语）	光耀门庭
国家昌盛真不易（成语）	多难兴邦
婚姻由己（成语,虾须）	好自为之
养路工不图富有（成语）	守道安贫
不杀不足以平民愤（成语）	尽如人意
咱要来解闷,浙中闹市游（成语）	扪心自问
鸟语花香艳阳天（成语）	有声有色

听写(成语)	有闻必录
故居(成语)	死得其所
余兴(成语)	自得其乐
灵机一动(成语)	行成于思
王英立头功(成语)	低人一等
快书(成语)	即兴之作
自动并联运行(成语)	步调一致
二进宫何曾忘怀(成语)	牢牢记住
十(成语,上楼)	言听计从
举翅万余里(成语,双钩)	远走高飞
张学良奔丧吊孝(成语)	奉行故事
室外乐(成语)	居中调停
反复朗读记得牢(成语)	念念不忘
动嘴勿动手(成语)	述而不作
淮阴侯出兵(成语)	信而有征
死后是上天堂,还是下地狱(成语)	故作高深
枝枯更着花(成语)	故态复萌
单据(成语)	独当一面
婚嫁皆由照片定(成语)	适以相成
姐妹易嫁(成语)	适得其反
上错花轿嫁错郎(成语)	适得其反
趁此时返夏口再作主张(成语)	闻风而逃
一道残阳铺水中(成语)	流光溢彩
间谍规定单线来往(成语)	特立独行

兵部尚书（成语）	能文能武
鸳鸯楼（成语）	偶有所得
中年人全部外出（成语）	遗老遗少
号泣而且行（成语）	楚楚动人
长远之计（成语）	蓄谋已久
我今发言你明白（6字成语）	不可同日而语

王万森，1953年4月生，江苏南通人。南通群艺谜社常务副社长。

王水松

唯有出嫁，脱离农村（成语）	一字连城
独自离去泪纷纷（成语）	一别如雨
中非去柏林（成语）	二三其德
大家都做了自己的标记（成语）	人各有志
落款处盖印（成语）	下笔成章
成人影片并不缺（成语）	大有可观
考试铃响后半小时内（成语）	不可开交
万径人踪灭（成语）	不足之处

对故乡已经陌生（成语）	不明就里
把我们的血肉筑成我们新的长城（成语）	不畏强御
姑娘征婚，如愿以偿（成语）	中郎有女
暗中召集很多人（成语）	乌合之众
爱心有道是先生（成语）	仁义之师
渔阳鼙鼓动地来，惊破《霓裳羽衣曲》（成语）	及时行乐
春雨绵绵妻独宿（成语）	天下无双
多数表示不满意（成语）	少说为佳
知识贬值（成语）	文人相轻
莫将书圣叫王军（成语）	无出其右

　　书圣是王右军。

担心刘皇叔离去（成语）	无备乃患
醉卧沙场君莫笑（成语）	片甲不回
相逢从此泯恩仇（成语）	长平冤气
纳妾休妻（成语）	以小废大
介石尚在腹中时（成语，卷帘）	正中下怀
弟子发言（成语）	生财有道
我爱你，我的家，我的天堂（成语）	白云亲舍
张居正（成语）	目不邪视
曾经遇到毛头星（成语）	先见之明
曙光在前头（成语）	先见之明
孔明放声大哭，叹曰：可怜忠义之人，天不与以寿！（成语）	
	兴尽悲来

　　面出《三国演义》第一百零二回。孔明听到关兴病亡时悲从

中来。

为何与未满18周岁者无关(成语,蕉心)	因人成事
贫在闹市无人问,富在深山有远亲(成语)	因势利导
改得面目全非(成语,卷帘)	好不容易
择其善者而从之(成语)	好为人师
如此不误砍柴工(成语,卷帘)	好事多磨
死得其所,好评如潮(成语)	尽美尽善
全校教员皆平常(成语,双钩)	师出无名
决策人士昏昏然(成语)	当局者迷
指示胜利后班师(成语,卷帘)	收回成命
眼前人青春不再(成语,卷帘)	老成之见
冬天已经到了,春天还会远吗(成语)	行将就木
不是东风压倒西风,就是西风压倒东风(成语)	两虎相争
当日闻知张飞兵到,便点起本部五六千人马,准备迎敌(成语)	严阵以待

面出《三国演义》第六十三回严颜事。

题于墙皇帝过目(成语)	作壁上观
不清楚他被解雇的情况(成语)	含糊其辞
选票给了他喜欢的人(成语)	投其所好
并非朱氏王朝事(成语)	来历不明
出于口而无穷(成语)	言不尽意
打电话代替函件(成语)	言而无信
表示还得靠老子(成语)	言犹在耳
老有所靠(成语)	依然如故

宝玉成亲,熙凤调包(成语)	取而代之
鼓起勇气,御驾亲征(成语)	孤军奋战
不懂得圆滑世故(成语)	油然而生
但见来人似扁鹊(成语)	视同秦越

　　扁鹊名叫秦越人。

分明两个都不对(成语)	非日非月
守到生命最后一刻(成语)	持之如故
孕妇的开支(成语)	挺身而出
对的就是对的,错的就是错的(成语)	是是非非
两个对两个不对(成语)	是是非非
放眼世间,满目疮痍(成语)	看破红尘
幸有弟子来相救(成语)	绝处逢生
姑娘好像花一样,但愿岁岁皆如此(成语)	美意延年
论语春秋(成语)	说东道西
百姓为首,第一重要(成语)	赵孟之贵
急忙行军去,欲取云长首(成语)	紧要关头
指鹿为马者安在(成语)	高而不危
洞房(成语)	偶有所得
剑锋所向,马首是瞻(成语)	唯利是从
老庄学说有益健康(成语)	强身之道
凌云(成语)	欺人之谈
回家已有一年整(成语,卷帘)	满载而归
元直引兵去,壁火光起(成语)	福过灾生

　　徐庶,字元直,本名徐福。面出《三国演义》第四十八回。

放生(成语) 置之不理

记得曾经的承诺,走上了三尺讲台(8字成语)

前事不忘,后事之师

王水松,1969年9月生,福建福安人。三槐堂谜社社长。

王东雄

落日归鸟恰成景(成语) 一鸣惊人
揭竿而起,便下双城(成语) 一举两得
用汇仁肾宝,他好我也好(成语) 一举两得
　　面为广告词。
固有诤言不解乏(成语) 口舌之争
人枉作乱终毁誉(成语) 大兴土木
耻与白衣秀士为伍(成语) 不伦不类
　　白衣秀士为《水浒传》中王伦的诨号。
乐山登万仞,爱水泛千舟(成语) 仁者见仁,智者见智
　　面出唐·寒山《诗三百》。
终生愁怀如倒悬(成语) 心口不一

战争轮到宿迁(成语) 斗转星移

有钱难买高兴事(成语) 乐不可支

远行拟归在七月(成语) 出将入相

  七月为相月。

名须没世称才好(成语,卷帘) 功成身退

  面出清·袁枚《随园诗话》。

竹根抽笋出东墙(成语) 节外生枝

山月随人归(成语) 回光返照

  面出唐·李白《下终南山过斛斯山人宿置酒》。

只为二奶至离婚(成语) 因小失大

妾至妻仇视(成语) 如临大敌

固陵解鞍聊出口,捕取项羽如婴儿(成语) 安邦定国

  面出宋·王安石《张良》。

闭门将息扣门开(成语) 扪心自问

几回梦起风烟散(成语) 杀人灭口

是处堪终老(成语) 死得其所

  面出唐·罗隐《初秋寄友人》。

前耻终生记,相拼起兵端(成语) 耳目一新

身并猿鹤为三友(成语) 行同禽兽

  面出宋·陆游《题庵壁》。

神雕侠依旧没来(成语) 过犹未及

少时青梅竹马,长成难结连理(成语) 齐大非偶

拔剑四顾心茫然(成语) 利出一空

  面出唐·李白《行路难》。

姑苏日落山形遮（成语）	吴下阿蒙
难解唯友情，断炊伴身边（成语）	吹灰之力
果掷潘安缘底事（成语）	投其所好
只准州官放火（成语）	时势使然
遂许先帝以驱驰（成语）	走为上策

面出三国·诸葛亮《前出师表》。

掬水月在手（成语）	和盘托出

面出唐·于良史《春山月夜》。

与君不偶匹（成语）	孤家寡人
泪满逐臣缨（成语）	放任自流

面出唐·李白《观胡人吹笛》。

遭遇巨变命呜呼（成语，卷帘）	终身大事
丹青让与柳枝娘（成语）	受之有愧

面出清·袁枚《题柳如是画像》。钱谦益，字受之。

似破把式安自持（成语）	拭目以待
治穷还需先王法（成语）	洗劫一空
带上同宗去瞧瞧（成语，卷帘）	看家本领
闯营此可任先锋（成语，卷帘）	首当其冲
夫子漂泊觅不见（成语）	浮一大白
痴心更为女人，一生终究虚度（成语）	疾恶如仇
出语总成诗（成语）	谈吐生风

面出唐·张说《醉中作》。

不知观众多少（成语）	阅人无数
反复有谁若吕布（成语）	唯唯诺诺

病来每厌客（成语）	患难之交

面出北宋·黄庭坚《又答斌老病愈遣闷二首》。

期待沙暴别来临（成语）	望尘莫及
查询家底，误识俭省（成语）	盘根错节
奉先行歹殃丁原，枭将报亏怨枭首（成语）	棒打鸳鸯
浪荡柱为两相瞒（成语）	琳琅满目
去夕花前两泪别，至今琴解梦良缘（成语）	琳琅满目
逃跑尚待驭的卢（成语）	溜须拍马
晒书喜传登龙榜（成语）	照本宣科
曹操曰：黄须儿竟大奇也！（成语）	彰显本事

面出梁·萧绎《金楼子》。

照应手下，指责另类（6字成语）	顾左右而言他
打算悄悄确立，没想颂诗纷至（7字成语）	树欲静而风不止

王东雄，1972年生，福建晋江人。晋江市谜协秘书长。

王正亮

千变（成语）	一视同仁

红楼梦中鸳鸯（成语）	一石二鸟
独立营（成语）	一成一旅
朝气（成语）	一旦之忿
跑官（成语）	一行为吏
做事草率难提升（成语）	一毛不拔
回到零点（成语，卷帘）	之子于归
少年剑术大比武（成语）	小试锋芒
天价豪宴真吓人（成语）	大吃一惊
李逵降世雨滂沱（成语）	风生水起
由钦命改为殿试（成语）	以点代面
李逵泛舟走湖面（成语）	风行水上
实业（成语）	不虚此行
空港航班准点起落（成语）	不失时机
得了皮炎心焦虑（成语）	内忧外患
空中不设防（成语）	水陆俱备
首次扮演孙中山（成语，卷帘）	文过饰非
路面狭窄难会车（成语）	不可开交
摄影大赛金奖空缺（成语）	片甲不留
电白（成语）	闪烁其词

面为广东地名。

盛装（成语）	有容乃大
通道（成语）	过耳之言
受孕就诊堕胎而去（成语）	有来无回
走红（成语）	当行出色

高个矮个辩不休（成语）	争长论短
孟明独肩担（成语）	百里挑一

  秦将百里视，字孟明。

女看守（成语）	妇人之见
表面迎合，私下背离（成语，卷帘）	弃暗投明
直教些会事的前来（成语，卷帘）	达人知命
女娲炼石何所求（成语，上楼）	别有洞天
开口支一招（成语）	言出法随
手术一刀除便秘（成语）	迎刃而解
探得缘由终彻悟（成语，卷帘）	明知故问
富商（成语）	其乐无穷
加入者寡且动辄缺勤（成语）	参差不齐
又逼又压无穷止（成语）	迫不得已
一曲红绡不知数（成语）	其乐无穷
谈起老家说个没完（成语）	话里有话
钟馗现身妖魔尽（成语）	神出鬼没
一国之丞焉能赋闲（成语）	相安无事
无人驾驶已不鲜见（成语，卷帘）	司空见惯
树根也能卖大钱（成语）	将本求利
装潢涂料无亮点（成语）	粉饰太平
长天云气天明退散（成语）	高风亮节
衣冠不整下堂来（成语）	宽以待人
写就《艳阳天》，顿生雷霆怒（成语）	浩然之气
讨厌发言长又长（成语）	恶语相加

但坐观罗敷（成语）	望而却步
看景不行路，行路不看景（成语，回文）	望而却步
考试忌出高难题（成语）	深不可测
那屈子本是浪漫之人（成语，卷帘）	情有可原
酒帘透出江湖气（成语）	望文生义
良臣把官丢，甜蜜生活化乌有（成语）	善罢甘休
夜半私语长厮守（成语）	黑白不分
下雨三十天，沉默一大片（成语）	落月停云
不怕刀不怕戟不怕鬼不怕魅（成语）	肆无忌惮
破晓（成语）	毁于一旦
结巴问路（6字成语）	说不清，道不明
首枪未中靶心（7字成语）	一发而不可收拾

王正亮，1962年5月生，江苏宝应人。镇江市青年宫灯谜俱乐部主席。

王民建

珠泪纷纷湿绮罗（成语）	一衣带水

说句心里话（成语）	一语中的
陈以心（成语）	一语中的
天球（成语一）	二人世界
春节之日有谜会（成语）	三人成虎
从小立志当作家（成语）	大做文章
天下同乐度中秋（成语）	大喜过望
千里传捷报（成语）	马到成功
无私乃时雨（成语）	天下为公
雨露无私润（成语）	天下为公
雨中还乡添情思（成语）	天下归心
星星（成语）	天生一对
陈胜（成语）	不负前言
读中国史世界史（成语）	历历在目
想想长征二万五（成语）	心路历程
羊年树新风（成语）	未能免俗
神州十亿笑颜开（成语）	乐在其中
长白（成语）	头头是道
绿满山川闻杜宇（成语）	有声有色
杜鹃花里杜鹃鸣（成语）	有声有色
上得云梯不回首（成语）	步步高升
老上级（成语）	步步高升
邠（成语）	别树一帜
单方（成语）	独具一格
单打（成语）	独具一格

登封（成语）	高不可攀
波澜独老成（成语）	涛声依旧
春风不改旧时波（成语）	涛声依旧
残红片片随波浪（成语）	落花流水
一看都不错（成语）	触目皆是
陈好（成语）	一言一行
想得好（成语）	一心向善
绝缘稿（成语）	一刀两断
朱火燃其中（成语）	不着边际
——为愁开（成语）	不欢而散
功成衣锦还（成语）	反以为荣
爱心（成语）	乐在其中
海口（成语）	在水一方
下岗之后谋出路（成语）	没事找事
回落（成语）	格格不入
为啥恨无上天梯（成语）	高不可攀
太平乐，乐太平（成语）	得意洋洋

王民建，1952年3月生，河南汝南人。湖南省民协灯谜学术委员会副会长，株洲市民协灯谜学会会长。

王保武

零落成泥碾作尘（成语） 　　　　　　　　　　一败涂地

落红狼藉印苔泥（成语） 　　　　　　　　　　一败涂地

闲来写幅青山卖（成语） 　　　　　　　　　　一钱不受

　　面出唐伯虎诗句："闲来写幅青山卖，不使人间造孽钱。"

真心改过把活干（成语） 　　　　　　　　　　三寸之舌

风雨交加放音乐（成语，辘轳） 　　　　　　　下气怡声

初夜举头望眉月，仙鹤欲唳半空中（成语） 　　山鸣谷应

知道啥再说啥（成语） 　　　　　　　　　　　不明不白

上一次劳模会上我爱上人一个呀（成语，卷帘） 中郎有女

　　面为评剧《刘巧儿》唱词。

乡乡通公路（成语） 　　　　　　　　　　　　井井有条

玄德若在，何忧之有（成语） 　　　　　　　　无备乃患

君心自有悦（成语） 　　　　　　　　　　　　无愁天子

枝闲叶尽根空培（成语） 　　　　　　　　　　木落归本

　　面出宋·王禹偁《和张校书吴县厅前冬日双开牡丹歌》。

那春风摆动，杨呀杨柳梢（成语） 　　　　　　气若游丝

微臣实在不忍离去(成语)	犬马恋主

犬马,指臣子对君主的自喻。

南京路上结友情(成语)	市道之交
我们对着太阳说(成语)	同日而语
黎云秀旧貌未改(成语)	安然如故

安然,原名黎云秀。中国作家协会会员。

翼王兵败欲渡江(成语)	负石过河
听到风声想外逃(成语)	呼之欲出
巴望解困,工人团结,主动争先,昂首向前(成语)	国色天香
照住了那怪的原身(成语)	明镜鉴形

面出《西游记》第三十九回:"那菩萨袖中取出照妖镜,照住了那怪的原身。"

画中残红映泉底,怅然心碎梳洗中(成语)	细水长流
前辈分明心上悲(成语)	非日非月
时菊独妍华(成语)	美意延年

菊花又名延年。

回头已失来时路(成语,卷帘)	迷途知返
杨叔峤初下象棋(成语)	锐头将军

杨锐,字叔峤,戊戌变法六君子之一。

街坊邻居听见了(成语)	隔墙有耳
插翅虎途中遇雨(成语)	横行天下

王保武,1954年生,河南南阳人。河南省民协灯谜学委员会副会长,南阳市职工灯谜协会理事长。

王思凯

伤愈之后怀了孕（成语）	一乃心力
当中原子变离子（成语）	一了百了
唯靠孟起入益州（成语）	一马平川
晴空见月落街中（成语）	一目十行
岩下兰花开绝尘（成语）	一石二鸟
条条大路通巴黎（成语）	一皆如法
观光维伊尔（成语）	一览无余
孤寂对秋色（成语）	一清二白
后坐女生另安排（成语）	力大如牛
时迁一生重改变（成语）	三寸之舌
下落击球得四分（成语）	三山二水
半夜萧萧闻雨声（成语）	下落不明
胡亥曰：废兄而立弟（成语，卷帘）	义不帝秦

面出司马迁《史记·李斯列传》，承下句"是不义也"，用格后为"秦帝不义"。

灾害上百年一遇（成语）	千载难逢

变生父子间（成语）	大同小异
安得黔首皆不怨（成语）	乌合之众
不到白头死（成语，卷帘）	少年老成
白头宫女在，终生无上恩（成语）	心口如一
钱财如粪土（成语）	文人相轻
作赋曹彰自不如（成语）	文子文孙
传谕朝贡允许停止（成语，卷帘）	无可奉告
刘使君若不领此郡，我等皆不能安生矣！（成语）	无备乃患
看龙颜欢动（成语）	无愁天子
喜气满龙颜（成语）	无愁天子
酒后分明须一别，造化弄人奔上蔡（成语）	日东月西
奇瑞现江，占山为王（成语）	车水马龙
古来屈子怨何深（成语）	长平冤气
历朝宰辅录（成语）	代代相传
昏晚送残生，点点牵客心（成语）	冬日之日
高校毕业班都很赋闲（成语，掉首）	四大皆空
春至曲能传（成语）	对酒当歌
发言（成语）	生财有道
有钱能说话（成语）	生财有道
远上寒山石径斜（成语）	白云亲舍
朝如青丝暮成雪（成语，卷帘）	白头到老
楚疆告急奔汨罗（成语）	有国难投
汝与曾巩皆贫困（成语）	君子固穷
家贫夫妇欢不足（成语）	其乐无穷

来日天晓就告辞（成语）	明明白白
何谓鬼东西（成语，卷帘）	物是人非
大限来时各自飞（成语）	终有一别
所带铁骑尽奔北（成语，卷帘）	败军之将
田园高且瘦，赋税重复急（成语）	贫贱之交
分明两度心悲伤（成语）	非日非月
与君诗酒尽交情（成语）	春风得意
单见胡杨卷残旗（成语）	独树一帜
惩戒措施错误，也属犯法（成语）	罚不当罪
变故突临才俭朴（成语）	难至节见
赛仁贵一怒欺百姓（成语）	盛气凌人

郭盛是《水浒传》人物，外号"赛仁贵"。

及此多雨日（成语）	富有天下
作乱上千，紧随神行太保（6字成语）	万变不离其宗

王思凯，1990年12月生，广东揭阳人。揭阳二中涵秋谜社创始人之一。

邓凤鸣

只允许自己说话（成语）	一人得道
乍看之下像死了（成语）	一见如故
只身离家赴官场（成语）	一行作吏
默默坚持众周知（成语）	不言而喻
穿黑衣者共三人（成语）	乌合之众
爸爸说一起装修（成语）	公道合理
领导进来就赢了（成语）	引人入胜
导游待遇欠理想（成语）	引而不发
己丑春吉隆坡见（成语）	牛头马面
昔孟母，择邻处（成语）	见异思迁
精刻篆印送国外（成语）	出口成章
你走了又回来了（成语）	出尔反尔
谈谈夺冠的感想（成语）	白首之心
室内众人皆无言（成语）	在所不辞
没节育饱受非议（成语）	老生常谈
让你讲话你还哭（成语）	行云流水

不是熟人不相见（成语）	别开生面
奉献是他的追求（成语）	投其所好
精明消费中秋夜（成语）	花好月圆
曰南北，曰东西（成语）	言不由衷
说再见就别回望（成语）	言不顾行
辩论赛高手捧冠（成语）	言行抱一
彼此对望说再见（成语，双钩）	言行相顾
的的确确曾提及（成语，双钩）	言过其实
爸爸给我买了房（成语，卷帘）	舍己为公
学生发言提意见（成语）	徒有其表
烽火连年人在外（成语）	格格不入
聊聊变脸的由来（成语）	谈何容易
凭证就在我手中（成语）	据为己有
强行霸路建住房（成语）	谋道作舍
东西大道雨纷纷（成语）	横行天下

邓凤鸣，女。1953年11月生，祖籍广东鹤山。马来西亚公民。

邓当文

孤云退后灾情消（成语）	一言难尽
照个全家福（成语）	一拍即合
用心重搞改革，昂首再求前程（成语）	一唱一和
散文宜先脱俗套，辛苦之后先干杯（成语）	义不容辞
人旁吊球球力飘，后躺勾球进球刁（成语）	习以为常
悟空见敖广，得到金箍棒（成语）	大海捞针
天下双雄游半生，一夜倾心杯先空（成语）	大难不死
巨型机械，夜间造就（成语）	大器晚成
没有想到这一点（成语）	不以为然
反对仿效"谢公屐"（成语）	不足挂齿
大众原来是一心（成语）	天从人愿
相聚庄舍旁，泪别残月下（成语）	引人入胜
又到元宵方团聚，再逢十五叹分离（成语）	支支吾吾
监外执行不能放松（成语）	无关紧要
欲渡黄河冰塞川（成语）	无济于事
空中云散乱，寺顶雁阵重（成语）	王公大人

致富之后不奢侈（成语）	发人深省
不知别人先说啥（成语）	矢口否认
温良夫妻，天长地久（成语）	优柔寡断
你栽杨柳松柏，他剥玉米小麦（成语）	各种各样
发生灾祸及时报道（成语）	有苦难言
毕生钻研尖端数学（成语）	老谋深算
再说大话，又得挨揍（成语）	吹吹打打
双方苦战桥两边，一马边嘶跃在前（成语）	戒骄戒躁
置身阁中解宋诗（成语）	杜门谢客
舷窗失火起巨浪（成语）	轩然大波
出差到西部，设方为改革（成语）	咄嗟立办
张掖岁末到，处处迎春晚（成语）	夜长梦多
讨伐驱除吃喝风（成语）	征逐酒食
南望云在化，散开见太阳（成语）	昙花一现
黛玉焚稿，火尽稿无存；吕布恋美，前后倍牵挂（成语）	林林总总
先唱《克拉玛依之歌》，后奏《溜冰场圆舞曲》（成语）	油腔滑调
酒席主人说"满上"（成语）	品头论足
宁可站着死（成语）	绝世独立
集体婚礼（成语）	适逢其会
离别二十六载，心心相印；今日桥下相见，旧容再变（成语）	
	冥思苦想
秋后河边梅已开，古岩山下兰尚存（成语）	海枯石烂
情在先，小心不二，先联系，灾后重建（成语）	耿耿于怀
归国学子，有始有终（成语，双钩）	起死回生

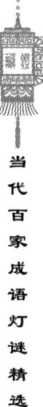

钢琴赛状元,见面便祝贺(成语)	弹冠相庆
灾后重建先有法,流落百姓终安定(成语)	淡泊一生
苦心先取胜,家家列前茅(3字成语)	闷葫芦
旭日东升,一生搞改革,没有后虑,几度这边新(6字成语)	九牛二虎之力
致富头脑不清醒,进了法庭惹是非(6字成语)	发昏章第十一

邓当文,1940年11月生,河南三门峡人。三门峡市灯谜学会副会长。

代述祥

埋没十载,但求腾挪(成语)	一日千里
重点大学都了解(成语)	一本全知
红楼明月寄相思(成语)	一石二鸟
晶体分解香飘散(成语)	一唱一和
风声鹤唳,草木皆兵(成语)	人自为战
何当共剪西窗烛(成语)	下里巴人
城东靠北,全力整治(成语)	大功告成

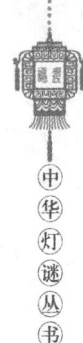

招贤纳士平原君(成语)	引人入胜
孙大圣志在千里(成语)	心猿意马
随从已难以招架(成语,掉尾)	手下败将
酒晕无端上玉肌(成语)	白里透红
梨园子弟,流浪江湖(成语)	优哉游哉
岂因祸福避趋之(成语)	有国难投
子龙洒泪而别(成语,下楼)	行云流水
曾经青梅竹马,而今天各一方(成语)	齐大非偶
不到最后不知晓(成语)	没完没了
生财有道(成语)	穷极无聊
《木兰辞》句句精妙(成语)	花言巧语
首脑的照片要保存(成语)	官官相护
揭发信堆至山高(成语)	举案齐眉
妲己蓄意害比干(成语)	挖空心思
真的假不了,假的真不了(成语)	是是非非
依旧是淫邪之相(成语)	面不改色
君住长江头,我住长江尾(成语)	顺水人情
烈焰腾腾,冲向太空(成语)	热火朝天
夫妻本是同林鸟(成语)	难解难分
我已经闭锁爱的心扉(成语,卷帘)	情不自禁
形象音调全失真(成语)	虚张声势
手提电脑要升级(成语)	随机应变
为做好事,情愿舍命(成语)	善罢甘休
没有钱,泪汪汪(成语)	落花流水

莲船盈尺（成语，卷帘）	微不足道
告老还乡，颐养天年（成语）	歇斯底里
戒骄戒躁难招损（成语）	满不在乎
鞭刑暂缓执行（成语）	慢条斯理
终生相守，满足；无悔于心，豁达（成语）	瞒天过海

代述祥，1963年7月生，安徽安庆人。安庆市灯谜学会秘书长。

卢育明

人扫残香土下埋（成语）	一日千里
初遇子期留深谊（成语）	一见钟情
错名号（成语）	一字之差

  面出《医学三字经》。

读错减号（成语）	一念之差
雁阵惊寒（成语）	人自为战
晓夜忧煎贪活路（成语，卷帘）	人急计生

  面出元·长筌子《二郎神》词句。

养赡浑家，贪求活路，身如傀儡当场。被他名利，把戏引来忙（成

语,卷帘)　　　　　　　　　　　　　　　　　　人急计生

　　面出元·马钰《满庭芳》词句。

陶希道挥毫著书(成语)　　　　　　　　　　　　下笔成章

　　民国陶成章,字希道,号焕卿。

掌上非佛家典籍(成语)　　　　　　　　　　　　手不释卷

郑将军道术精奇,今遇所擒,使黑虎终身悦服(成语)　无与伦比

　　面出《封神演义》第三回,崇黑虎为郑伦所擒,悦服之语。

隋大业末,举孝廉高第,除秘书正字(成语)　　　　无功受禄

　　面出《唐才子传》。王绩,字无功,绛州龙门人,文中子通之弟也。年十五游长安,谒杨素,一坐服其英敏,目为神仙童子。隋大业末,举孝廉高第,除秘书正字。

分明已是颠倒放(成语)　　　　　　　　　　　　日东月西

聋哑手语总相同(成语)　　　　　　　　　　　　比比皆是

凄凉宝瑟余音(成语)　　　　　　　　　　　　　乐极生悲

陶希道演讲(成语)　　　　　　　　　　　　　　出口成章

　　陶成章,字希道,号焕卿。

白了须发(成语,卷帘)　　　　　　　　　　　　生财有道

万卷经书曾读过,平生机巧心灵,六韬三略究来精(成语)

　　　　　　　　　　　　　　　　　　　　　　用人唯才

　　面出《水浒传》第十四回《临江仙》赞吴用词句。

更千秋而万岁矣(成语)　　　　　　　　　　　　后来居上

江左自有管夷吾(成语·卷帘)　　　　　　　　　因势利导

　　《晋书·温峤传》:"于时江左草创,纲维未举,峤殊以为忧。及见王导共谈,欢然曰:'江左自有管夷吾,吾复何虑!'"释为"王

导是有利于形势之因"。

恨不相逢未嫁时(成语,卷帘)	妇人之见
只切左手寸脉处(成语)	扣人心弦
看见文章贴墙头(成语)	作壁上观
纵横计不就(成语)	言犹在耳
售货重在留名誉(成语)	卖主求荣
讨个媳妇好传宗(成语)	取而代之
校园之中欠公厕(成语)	学无所遗
前辈分明靠后生(成语)	非日非月
听到错误就要说(成语)	闻过则喜
勒紧腰带苦度日(成语)	难至节见
只是我亦随军在此,兵败之后,玉石不分,岂能免难?(成语)	祸与福临

面出《三国演义》第四十八回徐庶事。徐庶一名徐福。

势如骤雨,转瞬没膝;拔足而立,又没踝(成语)   富有天下

面出《聊斋志异·雨钱》。

至半岭,闻有声若鸾凤之音响乎岩谷(成语)   登高一呼

《晋书·阮籍传》:"初于苏门山遇孙登。与商略终古及栖神导气之术,登皆不应。阮籍因长啸而退。至半岭,闻有声若鸾凤之音响乎岩谷,乃登之啸也。"

石湖居士塑像有误差(成语)   铸成大错

范成大,字致能,号石湖居士。南宋诗人。

弟子机灵技精纯(成语,卷帘)   熟能生巧

转入虎口寻子龙(成语)   翻手为云

古松枯尽月星移(3字成语)	公生明

卢育明,1969年生,广东普宁人。普宁市民协谜学研究会秘书长。

史宝明

戊戌变法(成语)	一字之差
流行服装(成语)	一衣带水
轻举凌太虚(成语)	一步登天
只顾他人,不顾自己(成语)	一览无余
开会再说(成语)	人云亦云
一切向前看(成语)	义无反顾
统一论(成语)	不由分说
知天文,识地理(成语)	不通人性
牛王急了,还变作一只大白牛(成语)	丑态毕露

  面出《西游记》第六十一回。

咱们说说知心话(成语)	互为表里

  面出豫剧《朝阳沟》唱词。

飞起玉龙三百万(成语)	天花乱坠

上以游太虚,下以穷九渊(成语)	天壤之别
抱着火炉吃西瓜(成语)	世态炎凉
真是笑死人(成语)	乐极生悲
东坡智解少游难(成语)	以石投水
万姓以死亡(成语)	民不聊生
如牛负重难安寝(成语)	生生不息
灵根育孕源流出(成语)	石破天惊

面为《西游记》回目。

霓虹灯广告(成语)	闪烁其词
乘云而行,乘风而行(成语)	龙腾虎跃
标点符号点哪里(成语)	字里行间
悠悠使我哀(成语)	自寻烦恼
鸡犬过霜桥,一路梅花竹叶(成语)	行同禽兽
周扒皮(成语)	体无完肤
说曹操,曹操就到(成语)	言行一致
吹拉弹唱庆致富(成语)	其乐无穷
贫贱夫妻百事哀(成语)	其乐无穷
发家致富喜洋洋(成语)	其乐无穷
面包(成语)	其貌不扬
四邻和睦(成语)	所向无敌
面友(成语)	所向无敌
童话剧(成语)	视同儿戏
浪漫曲(成语)	津津乐道
二男新战死(成语)	独善其身

独乐乐不如众乐乐（成语）	皆大欢喜
丁克美女（成语）	绝代佳人
撤回九十里（成语）	退避三舍
一而二,二而一（成语）	面面俱到
三人一叩成莫逆（成语）	唯命是从
雨雪交加酿灾害（成语）	祸从天降
某某人（成语）	隐姓埋名
停车坐爱枫林晚（成语）	景行行止
清明节夜晚（成语）	朝朝暮暮
未许凡人到此来（成语）	聚精会神
曹孟德裁袍又割须（成语）	操刀必割
打着跟头上场,打着跟头退场（成语）	翻来覆去

史宝明,1949年2月生,山西文水人。南阳市职工谜协会员。

叶元旦

空中羽人济沧溟（成语）	八仙过海
后庭一曲陈家破（成语）	亡国之音

46

净洗甲兵长不用（成语）	干戈载戢
冬扇夏炉（成语）	不合时宜
人生上寿稀（成语，卷帘）	少年老成
启扉看危峦（成语）	开门见山
黄沙枯碛无寸草（成语，卷帘）	长生不灭
存亡永乖隔（成语）	生离死别
清楚金乌看无常（成语）	白日见鬼
汉皇提剑灭咸秦（成语，掉首）	安邦定国
遇敌师从壁上观（成语）	按兵不动
春山秋水好像绘（成语）	眉目如画
春山洁净秋波俊美（成语）	眉清目秀
秀色空绝世（成语）	艳美无比
伤禽恶听连环弹（成语）	惊弓之鸟
昼夜辨别清楚（成语）	黑白分明
忧虑春山悲伤秋水（成语）	愁眉苦月
滚滚长江万古流（成语）	源源不绝
魏武扬鞭（成语）	操之过急
火烧春山往疾速（成语）	燃眉之急
隐匿云停息风（成语）	藏龙卧虎

叶元旦，1922年2月生，福建泉州人。泉州市职工谜协副会长。

叶国泉

洞察（成语）	一孔之见
全无惦念之意（成语）	一丝不挂
乡试并列为解元（成语）	一举两得
遗孤（成语）	一息尚存
明了真相后，两人悲痛甚（成语）	一清二楚
内讧（成语，卷帘）	人自为战
相思坟前诉相思（成语，卷帘）	人情世故
腰缠十万贯，骑鹤上扬州（成语）	三生有幸
又见二名人，重返山水间（成语）	大大咧咧
妻室妾侍不一样（成语）	大同小异
范疆张达下毒手（成语）	飞来横祸
初当轿夫活儿生（成语）	不识抬举
欲想带队未批准（成语）	不得要领
酸甜咸苦辣，乱放货柜中（成语）	五味杂陈
处处皆是倾盆雨（成语）	天下大同
流星雨（成语）	天花乱坠

谜面	谜底
了却前怨？呸（成语）	心口不一
五十叹重逢（成语）	支支吾吾
下笔无力，提笔忘字（成语）	文弱书生
渡口咨询处，门庭好冷清（成语）	无人问津
涓埃未沾衣（成语）	水土不服
独自出嫁没吭声（成语）	只字不提
想唱尽管唱，想哭尽管哭（成语）	可歌可泣
老聃（成语，卷帘）	头头是道
开处（成语）	头破血流
群殴（成语）	打成一片
拒绝参观比萨塔（成语）	目不斜视
满腹怨气多，姻缘再三绝（成语）	光怪陆离
乐于写诗，行为轻佻（成语）	兴风作浪
洋人聚餐遭窃贼（成语）	吃里扒外
一看肠一断，好去莫回头（成语）	后顾之忧
中秋出嫁恰有空（成语）	字正腔圆
忽闻敲钟声声紧（成语）	当务之急
喝了烈性酒，鲜有弈平局（成语）	曲高和寡
红歌会（成语）	有声有色
皓齿吴娃唱柳枝（成语）	有声有色
的士只搭熟乘客（成语）	别开生面
客有吹洞箫者，倚歌而和之（成语）	助人为乐
摸黑走路到终点（成语）	来历不明
七（成语）	皂白不分

练就金刚罩,学得铁布衫(成语)　　　　　　　身无可击

剃头师傅有洁癖,剃头铺内会如何(成语)　　间不容发

好日子一去不返(成语,卷帘)　　　　　　　丧尽天良

洗澡之后方离家(成语)　　　　　　　　　　净身出户

驼子功(成语)　　　　　　　　　　　　　　屈打成招

愿为形与影,出入恒相逐(成语)　　　　　　非分之想

当日嫁出门,独自放声哭(5字成语)　　　　天字第一号

带减腰围沈约瘦(5字成语)　　　　　　　　无官一身轻

萧何力荐大将才,潘安车出洛阳道(6字成语)　言必信,行必果

西施献吴、昭君和番、文成入藏(8字成语)　 天下兴亡,匹夫有责

叶国泉,1944年12月生,广东南海人。广西壮族自治区民协灯谜学会副会长。

叶春荣

《生为女人》(成语)　　　　　　　　　　　一命归阴
　　面为日本川端康成长篇小说名。

初到对岸发善款(成语)　　　　　　　　　　人才济济

司母戊、司母辛，出土声显赫（成语）	大名鼎鼎
《湖山类稿》谁写就（成语）	大有文章

《湖山类稿》系南宋诗人汪元量所撰，汪元量字大有。

宁停三分，避让来车（成语）	不可开交
兰舟催发，执手相看泪眼（成语）	不欢而散
客场得胜归（成语）	不负此行
何来千岁鹤（成语）	不识一丁

典见晋·陶潜《搜神后记》卷一。面为清·顾炎武《赋得老鹤万里心》诗句。丁指丁令威。

下车伊始乱开口（成语）	不经之谈
双亲皆布衣（成语）	为民父母
隆胸手术之费用（成语）	文致太平
刚刚会见刘皇叔（成语）	方面大耳

传说刘备双耳垂肩，人称刘大耳。

腾云驾雾皆为仙（成语）	气度不凡
会面都知飞将军（成语）	见多识广
主人行事孟浪，客人纷纷离散（成语）	东闯西走
创业致富不用本，青春美貌就是钱（成语）	白发红颜
吃斋念佛心平和（成语）	安之若素
典铺里的老板（成语）	当家做主
寒夜客来茶当酒（成语）	曲意逢迎
喜儿不愁爹没钱（成语）	红绳系足
送君那得不沾巾（成语）	行云流水
多次失败，流放边城（成语）	负重致远

支锅施粥在街头(成语)	作舍道边
看蜘蛛人表演(成语)	作壁上观
投笔从戎待探讨(成语)	弃文从商
意合皆因有豪宅(成语)	投其所好
一时抽得尚平身(成语)	男婚女嫁

典见《后汉书·向长传》(一作尚长,字子平)。面为唐·白居易《闲吟赠皇甫郎中亲家翁》诗句。底面别解为儿子已结婚,女儿已出嫁,自己可以抽身外出了。

频道(成语)	言不尽意
剃头师傅开口,三句不离本行(成语)	言之有理
议领导班子,谈致富决策(成语)	评头论足
买酒醉新丰(成语)	周郎顾曲

典见《新唐书·马周传》。面为宋·陆游《谢王子林院判惠诗编》诗句。周指马周。

射击冠军含热泪(成语)	命中注定
离京为官至川上(成语)	放任自流
内科医生谈病情(成语)	肺腑之言
不读圣贤书,定落孙山后(成语)	舍本求末
就图个团团圆圆(成语)	非分之想
著书都为稻粱谋(成语,卷帘)	饱学之士
外出打工,要价不高(成语)	便宜行事
显微镜下的手术(成语)	洞察一切
只身雨中行(成语)	独步天下
老屋三楹,丛书充栋(成语)	看家本事

典见唐·柳宗元《文通先生陆给事墓表》。面为清·钱谦益《题钱叔宝手书〈续吴都文萃〉》诗句。

会见传达升职令(成语) 面命耳提

广播恐怖剧(成语) 骇人听闻

篮球队里当替补(成语) 高人一等

记忆棒(5字成语) 过目不忘记

记忆棒为电子产品名称。

叶春荣,1950年2月生,浙江温州人。温州市职工谜协理事。

叶曙光

分王为吾守四方(成语) 一五一十

时常拿个冠军(成语,卷帘) 一动不动

玩升级一分未得,对家真旺(成语) 大光其火

"苏黄米蔡"偶临摹(成语) 四体不勤

然则仲尼虽圣,效之则为颦,学之则为步丑妇之贱态,公不尔为也(成语) 如丘而止

面出明·李贽《焚书·何心隐论》。

如果参加接力赛,首个出场才叫好(成语)	当头棒喝
琅琅数千言,艳过六朝,情深班蔡(成语)	作如是观

面出清·林雪《柳如是尺牍小引》。

抚琴退仲达,妙计借东风(成语)	吹弹得破
惊破霓裳鼙鼓动,马嵬魂断君王宠(成语)	幸灾乐祸
且观最高金融管理机构所为(成语)	看人行事
人一走霉运,水也能塞牙(成语)	倒背如流
涟漪荡漾风过后,环湖水静平未磨(成语)	破镜重圆
常将有日思无日,莫把无时当有时(成语)	难至节见
买得相如赋,君恩不可移(成语)	望文生义
青天一抹江边影,八面风来几度吹(成语)	清清爽爽
吾今到此,有何惧哉(成语)	童言无忌

面出《水浒传》第七十六回。

她那里用眼来看我,我哪有心肠看姣娥?(成语,卷帘)	慎身修永

面出《天仙配》唱词。

故人释心怀,春日共邀杯(6字成语)	一不做,二不休
避乱归隐久,到老心未改(6字成语)	长安居,大不易
此法实在够阴毒,假意承让取刘璋(6字成语)	满招损,谦受益

叶曙光,生于70年代,安徽太湖人。长安文虎社常务副社长,灯谜博客圈圈主。

田鸿牛

进了发廊全理光（成语）	一丝不挂
单册获益已过千（成语）	一本万利
茶来平分人已走（成语）	一草一木
轻舟向南余雁阵（成语）	刀下留人
棋子放哪里（成语）	下落不明
雏凤紧随雁阵来（成语）	小鸟依人
眉眼盈盈处（成语）	山清水秀
房产作典押（成语）	门当户对
日装还没动针线（成语）	天衣无缝
谈笑取高第（成语）	乐在其中
中途遇僧人（成语）	半路出家
分娩未足月（成语）	生不逢时
云从富里出（成语）	生财有道
不知如何要发兵（成语）	师出无名
临别一言泪如雨（成语）	行云流水
张记（成语）	过目不忘

一点到后就发车(成语)	时来运转
身无分文想学魔术(成语)	穷则思变
过日子看不清楚(成语)	走马观花
领跑(成语)	始于足下
的士载客去泳池(成语)	拉人下水
成功又要下西洋(成语)	郑重其事
气头上奔着金牌去(成语)	怒发冲冠
将士车马炮全移位(成语)	按兵不动
听说(成语)	闻过则喜
枕下五湖连(成语)	首当其冲
盘江在枕下(成语)	首当其冲
洪水冲走住家户(成语)	流离失所
王致和品牌传海外(成语)	臭名远扬
金牌当日早班师(成语)	得胜头回
有理就会广支援(成语)	得道多助
子昂始高蹈(成语,掉首)	推陈出新

　　面为韩愈《荐士》诗句。

QQ上谈恋爱(成语)	聊表心意
磨砺以须,问天下头颅几许(成语)	游刃有余
棋手准备对手来(成语)	等而下之
东壁那边是老子(成语)	隔墙有耳
状元榜眼已确定(6字成语)	一是一,二是二

　　田鸿牛,1949年7月生,河北易县人。中华灯谜学术委员会副主

任,宝鸡市灯谜学会会长,西北地区谜友联谊会会长。

石昭智

看榜自知已落选(成语)	一览无余
沿途尽扫禄山兵(成语)	一路平安
空投计划要保密(成语)	下落不明
成人写作班(成语)	大做文章
张家口(成语)	门户之见
未成年人莫参观(成语)	不可小看
轿夫都是陌生人(成语)	不识抬举
仗赖朋友才致富(成语)	不依不饶
负责(成语)	不胜其任
从实际出发(成语)	不虚此行
回头一看,竟生怨恨(成语)	反目成仇
水中畅游四肢动(成语)	比手划脚
竞赛结果都不错(成语)	比比皆是
喜接录取通知书(成语)	乐在其中
分房计划已实现(成语)	各得其所

晚年得子,津津乐道(成语)	老生常谈
三步跨篮被阻挡(成语)	走投无路
隐形人(成语)	其貌不扬
四处活动,互控对方(成语)	奔走相告
对视良久不作吻(成语)	举目无亲
蒋干盗书报曹操(成语)	信以为真
儿女长成乐陶陶(成语)	皆大欢喜
会面之后,气了一夜(成语)	相见恨晚
小偷小摸,为己之道(成语)	窃窃私语
绿茵场上去谋生(成语)	草间求活
清晨行动抓恶霸(成语)	起早摸黑
空姐上班要轮换(成语)	随机应变
破墙而入,窃取一空(成语)	凿壁偷光
以工自养,乞丐改行(5字成语)	吃力不讨好

石昭智,1948年10月生,广东潮州人。潮州市湘桥区职工灯谜协会副会长。

石爱民

芳襟染泪迹(成语)	一衣带水
天际潮水没,此生梦迟迟(成语)	一朝一夕
有木杂生分笔迟(成语)	九牛一毛
会上下层先变动(成语)	人云亦云
横川别过乱初起(成语)	三寸之舌
童年的梦想插上翅膀飞(成语)	小心翼翼
当头炮,把马跳,随后将,杀一子,丢一子,炮尽失(成语)	小时了了
第一娇娃,金莲最佳(成语) 　　面为唐寅词句。	心满意足
相问桃李折桂否(成语,卷帘)	无中生有
相会碰头解前怨(成语)	木人石心
今为羌笛出塞声,使我三军泪如雨(成语)	乐极生悲
此曲愁人肠(成语)	乐极生悲
似去人远叶翻舞,悲从心起方吟别(成语)	以古非今
泉底夫容现,山草又重生(成语)	出水芙蓉

何国重组靠安南（成语）	可人如玉
言辞自抛开（成语）	白云亲舍
泪水尽抛芜草空,归人南望终牵挂（成语）	目无全牛
偷杯恩先断,始知冰壶寒（成语）	矢志不渝
自恃貌美足矜夸（成语）	有容乃大
天山童姥泪双垂（成语）	行云流水

  天山童姥名为巫行云。

有能耐的要凑合凑合呆笨的（成语）	行将就木
马蹄声声声独询（成语,卷帘）	问一得三
此去前路无知己（成语）	别开生面
涞水分别还心惕（成语）	来之不易
除夕引遐思,云雨到明朝（成语）	度日如年
号张楚（成语）	胜者为王

  面言陈胜称王事。

传道独尊孙仙姑（成语）	说一不二

  孙不二为全真七子之一,号清净散人,人称孙仙姑。

相候独饮已喝多（成语,卷帘）	高人一等
报丧者凄然（成语,卷帘）	惨无人道
一把辛酸泪（成语）	掌上明珠
别僧凡心了,终寄寸草心（成语）	曾几何时

石爱民,1972年12月生,祖籍河北涉县。武安市灯谜诗词楹联协会副主席兼秘书长。

乔北海

独白(成语) 　　　　　　　　　　　　一人得道

夺得头彩,分量十足(成语) 　　　　　一日千里

滑坡形成泥石流(成语) 　　　　　　　一塌糊涂

闻耳中小语如蝇(成语) 　　　　　　　人微言轻

　　面出《聊斋志异·耳中人》。

清兵入关灾祸生(成语,调首) 　　　　人满为患

刚惹对方一肚火(成语) 　　　　　　　才气过人

萝卜洗泥赚钱少(成语) 　　　　　　　干净利落

两番组合开先例(成语) 　　　　　　　大大咧咧

腹部隆起因怀孕(成语) 　　　　　　　大有人在

一张王牌发桌面(成语) 　　　　　　　大打出手

天子出巡臣尽力(成语) 　　　　　　　上行下效

丫头生了一对半,只有一个未送人(成语)　三瓦两舍

救火贵神速(成语) 　　　　　　　　　不可磨灭

两口五十又重逢(成语) 　　　　　　　支支吾吾

拼命三郎冒雨来(成语) 　　　　　　　水落石出

61

常败将军天下闻（成语）	久负盛名
应来函之邀，前往中国（成语）	从简去华
主观与客观（成语）	东张西望
颜柳欧赵疏临摹（成语）	四体不勤
首次夺冠谈体会（成语）	头头是道
东西来得不容易（成语）	左右为难
齐天大圣身世考（成语）	他山之石
书非盗版来路明（成语）	正本清源
眉眼盈盈笑开颜（成语）	乐山乐水
清明过后抽新条（成语）	节外生枝
寸功初建，却空前夸大（成语）	巧夺天工
蒋母腹内孕介石（成语，卷帘）	正中下怀
刚临人世界，又进鬼门关（成语）	出生入死
残花西楼外，晚星白云间（成语）	生死未卜
泰山之阳，汶水西流；其阴，济水东流（成语）	左右逢源
庞伟（成语）	有容乃大
首日达新郑（成语）	阳关大道
垂柳丝丝齐如梳（成语）	有条不紊
旅途之中话滔滔（成语）	行云流水
耕读与共不离分（成语）	同文同种
盲者还要表寸心（成语）	过目不忘
吴国周边乱纷纷（成语）	回天之力
晚年得子，逢人便道（成语）	老生常谈
已是高龄人，负担却不轻（成语）	老成持重

不知何处吹芦管（成语，调尾）	众望所归
载初元年废睿宗，自称圣神皇帝（成语）	后来居上
发喘（成语）	财大气粗
山中无历日（成语）	忘年之交
剪枝疏条照书来（成语）	删繁就简
没饭吃了，才去找活干（成语）	穷而后工
一见圣上到，心脏就停跳（成语）	来龙去脉
含屈半敛容，动怀心已灰（成语）	层出不穷
姑娘开口两行泪（成语，虾须）	妙语连珠
望风（成语）	刮目相看
看旅伴（成语）	视同路人
书读两遍记得牢（成语）	念念不忘
玩罢二胡去聊天（成语）	拉拉扯扯
天天针灸未间断（成语）	刺刺不休
春秋之间隔个夏（成语）	青黄不接
开着空车走老路（成语）	驾轻就熟
料到来信有赠物（成语）	知书达礼
南人不复反矣（成语，卷帘）	降心相从
得权前，盼；遭贬后，悲！（成语）	非分之想
热炕头，度日月，添上一口便圆满（成语）	明火执仗
抚琴来到大厅外（成语）	挑拨离间
孤身出走逢雨至（成语）	独步天下
戊子新岁至，献上酒和茶（成语）	首鼠两端
车轮滚滚跑得快，一头跌入深谷来（成语）	急转直下

来函读后已牢记,就是不解其中意(成语)	背信弃义
肥肥胖胖孕妇装(成语)	宽大为怀
松衣解带候夫君(成语)	宽以待人
洪水退后家不见(成语)	流离失所
庭院小径花木凋(成语)	家道中落
庭院深深小弄浅(成语)	家长里短
地下作业很辛劳(成语,虾须)	埋头苦干
天上寒流呼啸至,地下元宵灯火明(成语)	高风亮节
建起天下第一楼(成语)	盖世无双
年怕中秋月怕半(成语)	望而生畏
一杯薄酒表爱心(成语)	情有独钟
喝断桥梁无史实(成语)	虚张声势
历尽贫寒头已白(成语,卷帘)	皓首穷经
盼望苍天降甘霖(成语)	等而下之
残红飘尽泪珠抛(成语)	落花流水
两次名列孙山外,愁眉不展少笑颜(成语)	落落寡欢
襄阳逃席鞭坐骑(成语)	溜须拍马
长须惧怕孟起识(成语)	操刀必割
冰雪塞道何时畅(成语)	融会贯通

乔北海,1945年6月生,河南孟津人。三门峡市灯谜学会副会长。

买立新

唯有绍翁心怀忧（成语）	一叶知秋
相会在掌声中（成语）	一拍即合
初看壳内瓤无异（成语）	一视同仁
孔明慨叹上方谷（成语）	不可胜数
忘却昔日情，真让人讨厌（成语）	不念旧恶
劳动力密集型产业（成语）	不省人事
寂寞更著风和雨（成语）	天下无双
生产初始，烟厂获利（成语）	开卷有益
尽数查询渝沪京（成语）	无人问津
只谒文庙（成语）	无孔不入
一直不用，当红艺人成松垮（成语）	月明星稀
惊遇贰臣怀子长（成语）	见异思迁

    司马迁，字子长。

河清海晏古上党（成语）	长治久安
主客相与枕藉状（成语）	东倒西歪
食物中毒简易处理（成语）	令人作呕

猜出谜底电影名（成语）	打成一片
上级英明，请饮此杯（成语）	当头棒喝
存心坚持坏念头（成语）	过意不去
抵达曼谷遇大难（成语，卷帘）	否极泰来
前后乃鼓上蚤必经之路（成语）	时过境迁
贫困莫学剪径事（成语）	穷寇勿追
不怕半夜鬼敲门（成语）	所向无敌
搬走桌子留空房（成语）	所剩无几
不求高价乃易事（成语，卷帘）	难能可贵
个个不提寒心事（成语）	惨无人道
铁饼呜呜飞出手（成语）	掷地有声
频频注目背时货（成语）	屡见不鲜
发祥地并非死波潭（成语）	源头活水
千里冰封，万里雪飘（5字成语）	大白于天下
杨业守边雨潇潇（5字成语）	无敌于天下

北宋名将杨业，骁勇出众，号称杨无敌。

此诗虎头蛇尾，难见其意（6字成语）	风马牛不相及

买立新，1946年12月生，甘肃古浪人。中国铝业西北铝加工分公司灯谜协会艺术顾问。

任焕长

到此成宦游（成语）	一行作吏
几回欲著泪潸然（成语）	一衣带水
云中山（成语）	一表斯文
不敢高声语（成语）	一鸣惊人
作曲家（成语）	一室生春
举目纵然非我有（成语）	一览无余
但有断头将军，无降将军！（成语，卷帘）	义正词严

面为《三国演义》第六十三回严颜对张飞语。

还愿（成语）	于归之期
运输（成语）	不可胜数
闹洞房（成语）	不安于室
操问曰：诱贼者谁也？（成语）	不识一丁

面出《三国演义》第五十八回丁斐放牛救了曹操之事。

贫居闹市无人问（成语）	不依不饶
夫人闻难独渭生（成语）	仁至义尽

面为《三国演义》第八十四回赞叹孙尚香（名仁）的诗句。

67

一日千里,往返徒劳(成语) 天马行空

明人(成语) 天昏地暗

大多数调换工作(成语) 少不更事

操曰:汝知献门接我者乎?(成语) 引以为荣

  面为《三国演义》第三十二回曹操问审配话。献门者乃审配侄子审荣。

聘对曰:为人臣而不能使其主保全境土,心实悲惭。(成语)

文责自负

  面为《三国演义》第四十一回文聘对曹操语。

一笑正坠双飞翼(成语) 乐在其中

  面为杜甫《哀江头》句,描写贵妃看见才女射中飞禽而开心的样子。

你一杯,我一杯,开唱KTV(成语) 对酒当歌

对曰:猪亦有龙象,龙附足,乃升腾之意,不必疑忌。(成语)

平白无故

  面出《三国演义》第七十三回关平对关羽做梦事情的看法。

南来薏苡徒兴谤(成语) 白马非马

  典出《后汉书·马援传》:"南方薏苡实大。援欲以为种,军还,载之一车。……及卒后,有上书谮之者,以为前所载还,皆明珠文犀。"谜底意为清白的马援反被人诽谤。

上元夜夺回昆仑,冬至日火烧赤壁(成语) 节节胜利

弑君乃大逆不道(成语) 伤天害理

数骑渔阳探使回(成语) 安常处顺

  面为杜牧《华清宫绝句》其二诗句。安,安禄山。

五儿,你看见袭人了吗?(成语) 寻花问柳

面从《红楼梦》情节拟制。袭人姓花。五儿姓柳。

己丑(成语) 成人之美

降吴不可却降曹,忠义安能事两朝(成语) 论黄数黑

面为《三国演义》第八十五回讽刺黄权的诗句。

董衡曰:……将军何不启知魏王,别换一人去?(成语) 更令明号

面为《三国演义》第七十四回董衡对于禁语,建议不用庞德(字令明)。

孤阴则不生(成语) 来日方长

狐媚偏能惑主(成语) 秀才人情

不知木兰是女郎(成语) 花根本艳

一曲霓裳听不尽(成语) 其乐无穷

今日皇叔做了东吴的女婿,便是主人,如何敢坐?(成语)

                 肃然起敬

面为《三国演义》第五十六回鲁肃对刘备语。

控驭五十州,风行数千里(成语) 俭故能广

面为北周·庾信《周柱国大将军长孙俭神道碑》句。

昼夜以成岁(成语) 度日如年

酒泻两三盏,诗吟十数行(成语) 春风得意

各使治乱丝,帝独抽刀斩之。(成语) 洋为中用

面出《北齐书·文宣帝纪》载高洋睿智有见识的事情。

尽弃其学而学焉(成语) 相机行事

面出《孟子·滕文公上》中写陈相师从许行事。

谢安折屐、贡禹弹冠(成语) 胜任愉快

谢安折屐是因为淝水大捷而愉快,贡禹弹冠是因为王阳将会推荐自己出来做官而愉快。

| 馈金珠李肃说吕布(成语) | 原始要终 |

描写李肃说反吕布成功,那么丁原的生命就要终结了。

| 维曰:昔微子去周,成万古之名;公能匡扶汉室,无愧古人也!(成语) | 称王称霸 |

面为《三国演义》第一百零七回姜维称赞夏侯霸语。

白生(成语)	素不相识
肝胆皆冰雪(成语)	胸无点墨
求援书(成语)	难以置信
远书珍重何由达(成语)	难以置信
当时将相谁堪重(成语)	盛气凌人

面为唐·孙元晏《徐盛》诗句。

| 尹大目说文刺史,甘兴霸射黄太守(成语) | 欺师灭祖 |

《三国演义》第一百一十回尹大目知道司马师病重,想劝文钦坚持对抗。《三国演义》第三十九回甘宁射杀黄祖。

| 东邻西舍都致富(成语) | 隔墙有耳 |
| 北海酬恩日,神亭酣战时(成语) | 慈故能勇 |

面为《三国演义》第八十三回赞叹太史慈的诗句。

| 宁叱曰:吾昔在江夏,多立功绩,汝乃以"劫江贼"待我,今日尚有何说?(成语) | 数黄道黑 |

面为《三国演义》第三十九回甘宁责骂黄祖句。

| 登车则有光矣(成语) | 满载而归 |

谜面顿读别解,"有光"借指明代文学家归有光。

寒暑易节,始一反焉(成语)　　　　　　　　满载而归
开放走向富裕路(成语)　　　　　　　　　　禁于未发
孔文举智谒李膺(成语)　　　　　　　　　　融会贯通

　　面出《三国演义》第十一回孔融求谒李膺事情。

不须张弓只箭,某凭三寸不烂之舌,说公安傅士仁来降,可乎?
(成语)　　　　　　　　　　　　　　　　　翻云覆雨

　　面为《三国演义》第七十五回虞翻对吕蒙语。

卞氏出殿曰:兄何逼弟之甚耶?(8字成语)　大难不死,必有后福

　　谜底"大"指曹丕,"后"指卞夫人。曹植被大哥曹丕难为而没有被害,是由于卞太后的护佑。

任焕长,1969年生,黑龙江尚志人。黑龙江省灯谜学会会员。

伍耿怀

四邻何所有(成语)　　　　　　　　　　　　三五成群
侬也凉凉去(成语)　　　　　　　　　　　　女中丈夫

　　面出蒲松龄名著《聊斋志异·镜听》。益都郑氏兄弟,皆文学士,大郑早知名,父母尝过爱之并及其妇。二郑落拓,不为父母欣

欢,遂恶次妇;次妇激发二郑勤奋,是岁大比,窃于除夜以镜听卜。有二人初起,相推为戏,云:"汝也凉凉去!"妇归,凶吉不可解。时暑气犹盛,两妇在厨下炊饭饷耕,其热正苦。忽有报骑登门,报大郑捷,母入厨唤大妇曰:"大男中式!(注:科举时代,考试合格)汝可凉凉去。"次妇忿恻,泣且炊。俄又有报二郑捷者,次妇力掷饼杖而起,曰:"侬也凉凉去!"("侬",即我的意思,多见于古诗文)"女中丈夫",原指妇女中具有男子汉气概的英雄豪杰,如同女中尧舜。谜底读为"女/中丈夫"即可解释为此妇女的丈夫考中。"中"由读音"zhōng"转念为"zhòng",即从"中间"之意转变为"考中"。

我有所思在远道(成语)　　　　　　　　　　不近人情

拜能者为师(成语)　　　　　　　　　　　　不学无术

花样翻新来设局(成语)　　　　　　　　　　不落俗套

一言即为天下法(成语)　　　　　　　　　　出口成章

燕然未勒归无计(成语)　　　　　　　　　　功成身退

　　面为宋·范仲淹《渔家傲》句。谜面理解为"只有在破敌立功后,我才能够返回到我的家乡"。

当时汉祖无三杰(成语)　　　　　　　　　　安邦定国

　　面为唐·秦系《闲居览史》诗句。汉祖,即汉高祖刘邦。三杰,指汉代的张良、韩信、萧何三位杰出的人物。底别解为"怎么能是刘邦在治理国家",扣合谜面的假设。

十五始展眉(成语)　　　　　　　　　　　　自圆其说

　　面为李白《长干行二首其一》诗句。面"十五"别指"农历十五,月亮满盈",底别解为"从月亮满盈时她开始高兴"。其,代词,指代第三人称,她。说,通悦。

昊天怒火铄晨晖（成语）　　　　　　　　　　　阳刚之气

既碎瑶琴何惜箫（成语）　　　　　　　　　　　吹弹得破

驱遣羲和染新绿（成语）　　　　　　　　　　　来日方长

　　羲和,古代神话传说中驾驭日车的神,这里代指太阳。故以"驱遣羲和"扣"来日","染新绿"扣"长"。

扶上雕鞍马不知（成语）　　　　　　　　　　　身轻如燕

　　清·梁绍壬《两般秋雨盦随笔》卷一载:"江南昔有贵公子,年少登科。乃翁故肮士家居,于其公车北上,以五千金遗之。公子赋性不羁,楚馆秦楼,一路挥霍,比至京师,已囊空如洗矣。兼以抱病不得入场,嗒焉若丧,称贷而归。翁初怒其不肖,欲诃责之,及还家,首搜行箧,见诗稿中有二句云:'比来一病轻于燕,扶上雕鞍马不知。'翁且怜且喜曰:'得此二句诗,则五千金花得值也。'"今入谜借其下句布面,用承上法会意自明。

赤电绕枢而附宝孕（成语）　　　　　　　　　　佩紫怀黄

　　面出《幼学琼林·天文》,黄帝有熊氏,少典之子。母曰附宝。见大霓光绕北斗枢星,照郊野。附宝孕二十五月,生黄帝于寿丘。紫,帛黑赤色也。

铜柱寂寞伏波逝（成语）　　　　　　　　　　　孤立无援

　　汉代名将马援,封伏波将军,《后汉书·马援传》载:马援征交阯,胜利后,在交阯立铜柱纪功并作为东汉南边的疆界。底别解为"铜柱孤零零地立着,而马援将军已逝世"。

惊堂木一声"斩"（成语）　　　　　　　　　　　拍案叫绝

劲弩强弓谁敢射（成语）　　　　　　　　　　　非钱不行

面出清朝前期女诗人朱柔则《钱塘观潮歌》。用"钱王射潮"典。

书凭仙苑青鸾传（成语）　　　　　　　　　　　　神来之笔

花旗无奈倒帜回（成语）　　　　　　　　　　　　美不胜收

　　"花旗"指美国国旗。常借代为美国。

喜曰："今可以对我凤仙矣！"（成语）　　　　　　说嘴郎中

　　面出蒲松龄《聊斋志异·凤仙》。说，通悦。嘴，说话。中，考取，录取。

阁上清声檐下铎（成语）　　　　　　　　　　　　闻风而动

至今人念大将军（成语）　　　　　　　　　　　　音容宛在

　　面为吴玉章《纪念邹容烈士》诗句。底"容"别指邹容。

加入美食协会（成语）　　　　　　　　　　　　　羞与为伍

　　底"羞"古通"馐"，指精美的食物。"伍"用同伴、伙伴意拢意扣合谜面"协会"。"与"读 yù（不读 yǔ），取参与意，扣"加入"。

夕阳无限好（成语）　　　　　　　　　　　　　　莫明其妙

　　莫是"暮"的古字。

荀爽因何登三公（成语）　　　　　　　　　　　　高才卓识

　　《三国志·魏书·荀彧传》说，汉献帝时董卓把持朝政，征召荀爽做官，荀爽想逃避，当地官吏看住不让他走。诏书传到，拜他为平原相。他走到苑陵，又加拜光禄勋。刚上任三天，又加拜为三公之一的司空。荀爽从平民百姓开始，九十五天就登上三公之位。底"卓"别指董卓。

智能心中无他爱（成语）　　　　　　　　　　　　情有独钟

　　面所述为《红楼梦》智能与秦钟相恋之事。底"钟"指秦钟。

若要成正果,需脱臭皮囊(成语)	欲仙欲死
掬水月在手(成语)	掌上明珠
舵舞龙蛇越险滩(成语)	操之过急

伍耿怀,1957年生,福建晋江人。中国民协中华灯谜学术委员会副主任,晋江市灯谜协会会长。

刘二安

改来改去难合并(成语,卷帘)	一成不变
照会(成语)	一拍即合
开到荼蘼花事了(成语)	一损俱损
此花落后更无花(成语)	一损俱损
头上长疮,脚下流脓(成语)	人满为患
今四十七岁矣(成语)	三年之艾
悲莫悲兮伤别离(成语)	不欢而散
无私则无畏(成语)	心有余悸
匠心重运比谋略(成语)	斤斤计较
撤去军队,余下过道(成语)	无师自通

回家看看父老乡亲（成语，卷帘）	众望所归
归时常对空山月（成语）	回光返照
小妾入席酒亦狂（成语）	如坐春风
一日为师终身为父（成语）	有生之年
彩铃（成语）	有声有色
不扫房屋，不叠床被，不听啰唆，不会下跪，不看脸色，不用惧内（成语）	自成一家

　　面为光棍节流传的歌谣。

咏罢虎年咏兔年（成语）	吟风弄月
顺从即可委派（成语）	听之任之
同性恋者互称（成语，卷帘）	志同道合
孤舟流荡到桥头（成语）	单刀直入
御花园外人不得入内（成语）	孤芳自赏
追思廿载记心间（成语）	念念不忘
片片花飞逐江水（成语）	放任自流
东西两端须归来（成语）	物极必反
晓来雁阵仍如旧（成语）	知人不易
房栊虽咫尺，探寻向天涯（成语）	舍近求远
《牡丹》杂志涨价（成语）	洛阳纸贵
负担一路作前驱（成语）	背道而驰
过了一辈子，还是陌路人（成语）	虽死犹生
纵不灵活，尚能存活（成语）	虽死犹生
单口相声专场，对口相声禁演（成语）	说一不二
住宅墙面均未装修（成语）	家徒四壁

边擂鼓,边开枪(成语)	旁敲侧击
来之不易,中秋相会(成语)	难至节见
道接长天万里云(成语)	高谈阔论
云帘(成语)	望子成龙
不知何处过中秋(成语)	盘根错节
倘若聪明莫埋没(成语)	脱颖而出
八方望霖雨(成语)	等而下之
只闻叫卖不见人(成语)	销声匿迹
高人庸人都得奖(成语)	雅俗共赏
每于暮春赏落英(成语)	数见不鲜
黄昏雨过且开怀(成语)	漠不关心
筹划周详战妖魔(成语,卷帘)	精打细算
酩然不识黄粱逝(成语)	醉生梦死
鲭(6字成语)	水至清则无鱼
兄弟获得冠亚军(6字成语)	一是一,二是二
没有翻译无从商议(7字成语)	道不同不相为谋
倾盆大雨莫前行,注射室前且止步(8字成语)	水泼不进,针插不进
一派官方语言,闭口不谈缺点(8字成语)	有话则长,无话则短
旧历丙子年,全城大展猜(8字成语)	老鼠过街,人人喊打
声名传太空,相视尽桃李(8字成语)	耳听为虚,眼见为实
秋光尽染万山红,雁去渺然雁阵空(8字成语)	金无足赤,人无完人
上台全靠波澜兴(10字成语半句)	任凭风浪起

刘二安,1951年12月生,河南安阳人。中国民协中华灯谜学术委员会副主任,河南省民协灯谜学委员会会长,《全国灯谜信息》主编。

刘之侠

千里追寻国姓爷(成语)	马到成功
决胜千里之外(成语)	马到成功
运筹帷幄之中(成语)	不出所料
一人向隅,聚会难成(成语)	不欢而散
真想(成语)	不假思索
野渡舟自横(成语)	无人问津
开饭(成语)	分而食之
女大当嫁(成语)	匹夫有责
富贵病(成语,双钩)	后患无穷
恨不逢君未嫁时(成语,卷帘)	妇人之见
先生不知何许人也(成语)	师出无名
醉酒搓麻咋不输(成语)	曲高和寡
皇叔如在便安然(成语)	有备无患

考虑再三才首肯(成语)	行成于思
疫区莫进防传染(成语)	别来无恙
老沈阳已答应送货(成语)	奉天承运
笑气(成语)	闻过则喜
要想提价不容易(成语,卷帘)	难能可贵
学我者生,似我者死(成语)	得意忘形

面为齐白石语。

日本地震连海啸(8字成语)	一波未平,一波又起

刘之侠,1943年9月生,湖南洞口人。贵阳市灯谜协会副会长。

刘国瑞

唐僧坐骑,八戒紧随(成语)	一龙一猪
没拿冠军也称心(成语)	不一而足
拒给他算命(成语)	不计其数
皇上采纳民意(成语)	天从人愿
暮色降临时,皇上颁口谕(成语)	天方夜谭
深吸一口,力抗万夫(成语)	气吞牛斗

冲奶粉（成语）	水乳交融
Q（成语）	长绳系日
主人躺下客踉跄（成语）	东倒西歪
抚弦作联人称奇（成语）	对牛弹琴
瞎子个个有绝招（成语）	目无全牛
如戒荤腥心自宁（成语）	安之若素
玄德在此莫担心（成语）	有备无患
题诗于墙细端详（成语）	作壁上观
自称主人，敲打客人（成语）	声东击西
肩挑货郎担，手摇拨浪鼓（成语）	步步为营
揽辔而行吟诗乐（成语）	走马章台
台，通怡。	
回乡当与夫团聚（成语）	里应外合
要雕琢，莫蹉跎（成语）	刻不容缓
一战到底，不分昼夜（成语）	明争暗斗
一鼓作气奔首富（成语）	怒发冲冠
抢猜时灵机一动（成语）	急中生智
满族公主拒进门（成语）	格格不入
有情人总是十指相扣（成语）	爱不释手
善于研究，挑战高手（成语）	钻牛角尖
几番战败认了命（成语）	数不胜数
霹雳一声震乾坤，万树低头浪翻滚（成语）	雷厉风行
如果是我，就 hold 住（成语，卷帘）	镇定自若
干（成语）	颠倒是非

刘国瑞,1949年9月生,重庆人。重庆灯谜学会副会长。

吕　祥

残烛短香古调传(成语)	一叶知秋
边城枯树高天云,夕阳西下断肠人(成语)	一场春梦
桃花乱落似红雨(成语)	一败如水
晶欲结而香欲凝(成语)	一唱一和
冤狱得洗相对泣(成语)	一清二楚
卡片损坏,列入伪造(成语)	下不为例
一旦失足空自悲(成语)	口是心非
低头复归关下,仰首更对月来(成语)	大腹便便
分头开始搞材料(成语)	才高八斗
公然抱茅入竹去(成语)	少气无力
相聚日稀怨日增(成语)	少见多怪
家家过年吃饺子(成语)	无所不包
残花陆离落日下,清泉一水来舍前(成语)	比比皆是
枝叶冰花晴消半(成语)	水木清华

先解释尖顶，后讲解定式（成语）	牛刀小试
晚枫灿灿岚山下（成语）	风风火火
谈吐损人不自知（成语）	矢口否认
船行只嫌岸去急（成语）	光怪陆离
此酒应献群雄首（成语）	当头棒喝
故居（成语）	死得其所
花叶相映宜晚吟（成语）	含英咀华
城郭纵破基犹在（成语）	坐享其成
小动略改成一窟（成语）	层出不穷
一封朝奏九重天，夕贬潮州路八千（成语）	走为上策
春随夜专惊鼙鼓，缓歌漫舞生烟尘（成语）	幸灾乐祸
先整顿，后缩编，之后谈清理（成语）	炉火纯青
八点两分，一对列车双双到达（成语）	轰轰烈烈
又见枝头狂蜂晚成堆（成语）	独木难支
思绪无边到天明（成语）	胆大心细
对新秋，只前厅花如昔（成语）	厝火积薪
那回后队为两名上将，这次可是三个女将（成语）	婀娜多姿
先要寻到帅，后建营安置兵（成语）	宾至如归
怒起联合重拳下，一战之后孽首除（成语）	拿手好戏
重耳组阁，新君终立，众分封各定（成语）	耸人听闻
是夕，终出沙漠，如期先至（成语）	莫名其妙
暮待晚钟依关下（成语）	莫衷一是
好学的本事不值钱（成语）	难能可贵
有了路，就能展开更广泛的营救（成语）	得道多助

清清洧河源头水,依旧逐日贯谷前(成语)	情有可原
早上相聚碰碰杯,晚上共做啦啦队(成语)	晨钟暮鼓
眼看日落沙暴起(成语)	望尘莫及
初春二月竹尚短,村东路旁牛入田(成语)	略胜一筹
横梁变为残料头(成语)	黄粱一梦
腊梅怒放上元夜(成语)	寒花晚节
夕望长安自伤心(成语)	朝秦暮楚
城中无军马,山人自来迎(成语)	短兵相接
日高眼花树半虚(成语)	蒿目时艰
集中打包,候机启运(成语)	整装待发

吕祥,1947年生,河南省开封人。河南省民协灯谜学委员会副会长,开封市职工谜协副会长。

孙　耀

查看负债表(成语)	一览无余
呼啦圈活动要领(成语)	大摇大摆
只选富豪才投靠(成语)	不依不饶

83

未弄清楚莫表态（成语）	不明不白
空挂纤纤缕，柳丝疑不摇（成语）	云淡风轻
民事、刑事执法，坚决拒收红包（成语）	分庭抗礼
上穷碧落下黄泉，两处茫茫皆不见（成语）	天壤之别
礼仪小姐捧奖杯（成语）	引而不发
千克比（成语）	斤斤计较
再没有新增名额了（成语）	无以复加
海面风平浪静，八仙悠然自在（成语）	气定神闲
宾主都抻牛肉面（成语）	东拉西扯
大路歌（成语）	乐于此道
此去专为拍张照（成语）	出将入相
下比新旧声混用违联律（成语）	犯上作乱
唐高宗只封六太子（成语）	任人唯贤
衣锦还乡留倩影（成语）	回光返照
大款品酒谈口感（成语）	回味无穷
典铺朝奉双会晤（成语）	当头对面
今当远离，临表涕零（成语）	行云流水
轻言祈来雨和风（成语）	低声下气
吾乃游僧自斋戒（成语）	我行我素
允许讲述免手势（成语）	言行举止
卧槽连环眼缭乱（成语）	走马观花
独隐茅庐绝消息（成语）	孤陋寡闻
太白斗酒，子陵垂钓（成语）	沽名钓誉
长蛇绕棍，铁杵成针（成语）	软缠硬磨

提笔断句读（成语）	点到为止
仰泳（成语）	倒背如流
移形换步赏岱岳（成语）	高山景行
峰会大讲致富道（成语）	高谈阔论
发廊生意火（成语）	理所当然
自缘身在最高层（成语）	登峰造极
猴子捞月，精卫填海（成语）	落井下石
漏断人初静（成语）	销声匿迹
集思胜于独断（成语）	寡不敌众
剪剪轻风梳翠缕（成语）	慢条斯理
领时容易缴时难（5字成语）	一发不可收
归途（6字成语）	反其道而行之

孙耀，1956年生，甘肃省成县人。

孙胜利

仅把利钱仍储蓄（成语）	一息尚存
弄清是非亮出谜底（成语）	八字打开

沪(成语) 　　　　　　　　　　　　　　　三星在户

官职免后查"三公"(成语) 　　　　　　　下马看花

　　"三公"指三公消费。

重逢化吉眉目清(成语) 　　　　　　　　口口声声

刚刚激怒某某某(成语) 　　　　　　　　才气过人

留侯张良跨良驹(成语,卷帘) 　　　　　马上房子

　　张良,字子房。

没个想交往的(成语) 　　　　　　　　　无一是处

分明没住房(成语) 　　　　　　　　　　日月不居

梁元帝来幸,徐昭佩弄妆(成语) 　　　　半面之交

　　《南史·后妃下》：徐妃(徐昭佩)以帝眇一目,每知帝将至,必为半面妆以俟。

夜幕渐垂天光暗(成语) 　　　　　　　　白往黑来

命丧刖刑痛哀怜(成语) 　　　　　　　　死不足惜

　　刖刑,古代一种酷刑,指砍去受罚者左脚、右脚或双脚。

话题不离"三鼎甲"(成语) 　　　　　　　老生常谈

　　"三鼎甲"是三位京剧老生誉称,有前三鼎甲、后三鼎甲,分别指京剧形成初期的三位老生,杰出艺术家程长庚、余三胜、张二奎和京剧成熟时期的三位老生,杰出艺术家谭鑫培、孙菊仙、汪桂芬。

能凑合却没知觉(成语) 　　　　　　　　行将就木

贫道终得道(成语) 　　　　　　　　　　穷途末路

小(成语) 　　　　　　　　　　　　　　抱子弄孙

八字没一撇,只好退客房(成语) 　　　　按捺不住

给同宗同族做导游(成语,卷帘)　　　　　看家本领
四邻(成语)　　　　　　　　　　　　　　挨三顶五
迈阿密篮球队目标向上(成语)　　　　　　热火朝天
　　迈阿密篮球队是热火队。
全是一把手,不是同宗室(成语)　　　　　都头异姓
伤心是因别人赢(成语)　　　　　　　　　悲不自胜
风云人物表,首列韦英雄(成语)　　　　　榜上无名
　　韦英雄是香港著名漫画家马荣成先生的漫画大作《风云》中的主要人物,后改叫无名。
婚姻破裂一两成(5字成语)　　　　　　　八九不离十

孙胜利,1968年7月生,江苏省宿迁人。

安建国

丑末寅初中状元(成语)　　　　　　　　　一马当先
百分之八十九的人未入伍(成语)　　　　　一成一旅
雪打梨花到寒窑(成语)　　　　　　　　　一穷二白
门诊楼里水泄不通(成语)　　　　　　　　人满为患

指出特点（成语）	三长两短
登山赛与象棋赛分头进行（成语）	上上下下
海啸伴着暴雨至（成语）	大起大落
运筹帷幄，决胜千里（成语）	不出所料
全是别人拍板（成语）	不由自主
转败为胜，观者如云（成语）	不负众望
白胜（成语）	不负前言
跳槽已司空见惯（成语）	少不更事
打擂比武赢佳偶（成语）	引人入胜
导游放眼望（成语）	引人注目
挑战无处不在（成语）	比比皆是
减法误作加法算（成语）	以一当十
绝活（成语）	出生入死
天上的街市（成语）	买空卖空
首领（成语）	交头接耳
发病（成语）	后患无穷
刚被太阳收拾去，却叫明月送将来（成语）	如影随形
说走咱就走（成语）	言行一致
成果洽谈会（成语）	言过其实
盼团圆（成语）	非分之想
反常态频频举杯（成语）	变化多端
琵琶赛夺魁，观者齐祝贺（成语）	弹冠相庆
为师一生未跳槽（成语）	屡教不改
股市跌啊跌，很少见笑脸（成语）	落落寡欢

云青青兮欲雨,水澹澹兮生烟(5字成语)	马上得天下
人生在世,莫忘保险(6字成语)	既来之,则安之
每到一处必亲临(7字成语)	有过之而无不及

安建国,1964年5月生,甘肃省秦安人。天水卷烟厂职工谜协理事长。

朱锦华

赴任(成语)	一行作吏
道德(成语)	一言一行
人而无信(成语)	一言为定
一十五(成语)	大失人望
浮云终日行(成语)	马不停蹄
将言辞说上(成语)	不在话下
短斤少两挨批评(成语)	不足为训
相思迢递隔重城(成语)	不近人情
心中与之然(成语)	不着边际
一日千里上碧霄(成语)	天马行空

双悬日月照乾坤（成语）	天地重光
外戚（成语）	乐在其中
元帅（成语）	当头一棒
房东（成语）	当家做主
朋友来了有好酒（成语）	曲意逢迎
外表（成语）	言不由衷
初宵门未掩（成语）	夜不闭户
夜半幽人独往来（成语）	孤行一时
书生巧计退顽敌（成语）	胜之不武
笙歌散尽游人去（成语）	销声匿迹
云母（3字成语）	一言堂
隐处唯孤云（5字成语）	一言以蔽之
隐语（5字成语）	一言以蔽之
笔力千军阵，词源万马兵（5字成语）	书生气十足
走自己的路（6字成语）	不足为外人道
置身胜境（6字成语）	立于不败之地

朱锦华，1968年3月生，福建省东山人。东山灯谜社秘书长。

纪志康

师未出而身先死（成语）	亡命之徒
壶口一跃数丈，黄河浩荡万里（成语）	飞短流长
大雁时时排人字（成语）	不一而足
根据个人意愿，投了反对票（成语）	不由自主
百岁相看能几个（成语，卷帘）	少年老成
轻飘飘地蒸发了（成语）	无力回天
只是接吻由他去（成语）	任人唯亲
子子孙孙，无穷匮也（成语）	老有所养
一览众山小（成语）	自视甚高
孟尝君函关受阻，学鸡鸣食客用计（成语）	闭门思过
已位极人臣，而退休在即（成语）	居高临下
一手拉着贾宝玉，一手携着林黛玉（成语）	拖泥带水
能力好坏非天定（成语）	差强人意
能使群花皆缩首（成语）	秋风过耳

面为秋瑾《秋风曲》诗句。

三朝回花轿（成语）	适得其反

王徽之雪夜访戴（成语）	适得其反
而炎武必不可出矣（成语）	息事宁人

顾炎武，字宁人。面出顾炎武《与叶訒庵书》。

安能摧眉折腰事权贵（成语）	高不可攀
分开的还是分开，相连的依然相连（成语）	断断续续
宁可失印，也不失信（成语）	断章取义
盼栋梁之材，从基础抓起（成语）	眼高手低
濮阳攻吕布之时，宛城战张绣之日；赤壁遇周郎，华容逢关羽；割须弃袍于潼关，夺船避箭于渭水（成语）	数不胜数
月朗羞相拥（成语）	漆黑一团

纪志康，1963年生，浙江省定海人。杭州市职工灯谜研究会会员。

纪清华

相逢何必曾相识（成语）	一见如故
百分之九十翻新样（成语）	一成不变
双袖龙钟泪不干（成语）	一衣带水
泪湿春衫袖（成语）	一衣带水

罗襟滴泪无数（成语）	一衣带水
把减号读错了（成语）	一念之差
神态（成语）	一表非凡
陈三舍（成语）	一举两失

取古装戏剧《陈三五娘》男主角陈伯卿，人称"陈三舍"。现谜面别解为"把摆设的'三'舍弃"。

恐其乱信也（成语）	人言可畏
水上作业（成语）	人浮于事
黄泉共为友（成语，卷帘）	人情世故
晚来天欲雪（成语）	下落不明
宏观（成语）	大处着眼
锦江无滞时（成语）	川流不息
行家（成语）	门庭若市
浮云终日行（成语）	马不停蹄
六籍无一亲（成语）	不见经传

面出陶潜《饮酒诗》，"六籍"即六经（《诗》《书》《礼》《乐》《易》《春秋》曰"六经"），即无人亲近研读，则不传矣。

封卷后上缴（成语）	不可开交
冒牌货（成语）	不打自招
分忧（成语）	不欢而散
离别正堪悲（成语）	不欢而散
嘴贫（成语）	不足挂齿
择能者而师之（成语）	不学无术
晨报（成语）	不明不白

教员登记卡（成语）	为人师表
全卧倒（成语）	五体投地
一西复一东（成语）	反客为主
旧雨结新朋（成语）	天下无敌
人生双行线（成语，卷帘）	天作之合
五色云中开晓日（成语）	天真烂漫
一百分不算满分（成语）	尺有所短
落榜依然能致富（成语）	无中生有
周转（成语）	无动于衷
出师未捷身先死（成语）	无疾而终
分明摆错位（成语）	日东月西
一（成语）	木落归本
白（成语）	比比皆是
狂癫癫子夜独徘徊（成语）	风行一时
含笑取高第（成语）	乐在其中
拳拳异平素（成语）	出手不凡
写稿最忌在午前（成语）	打草惊蛇
此系生前身后事（成语）	生死攸关
张居正（成语）	目不邪视
琴心三叠道初成（成语）	众口一词
安得广厦千万间（成语）	众望所归
贵（成语）	充耳不闻
何前倨而后卑也（成语）	因势利导
出门便得惹祸端（成语）	在所难免

太平间（成语，卷帘）	在所难免
少小离家老大回（成语）	早出晚归
晓筹不用鸡人报（成语）	自知之明
吞声（成语）	自食其言
闲步（成语）	行若无事
奔走似朝东（成语）	行将就木

面出唐·岑参《与高适薛据登慈恩寺浮图》诗。"奔走"扣"行"，东方为"木"，"似朝东"扣"将就木"。

骊步出闲门（成语）	行将就木
分明有过失（成语）	阴差阳错
身居故里，放眼环宇（成语）	坐井观天
阴阳割分晓（成语）	男女有别
满园春色关不住（成语）	花枝招展
云来云去空悠悠（成语）	言之无物
道存终不忘（成语）	言犹在耳
龙钟稚齿相携归（成语）	返老还童
涕泗不能收（成语）	放任自流
朝也干戈，暮也干戈（成语）	明争暗斗
字（成语）	冠绝一时
吹落黄花满地金（成语）	秋风过耳
死别已吞声（成语）	绝口不道
归宁（成语）	适得其反
岂料沉与浮（成语）	高深莫测
十五始展眉（成语）	望而生喜

面出李白《长干行》诗。"十五"原指十五岁,现别解为夏历十五,即望日,扣"望"。"展眉",展开双眉,流露出喜悦的心情,用会意法扣"生喜"。底中"望"原义"看",现别解为"望日"。

操之过急难升官(成语)	欲速不达
灰(成语)	混淆黑白
登上花果山(成语)	脚踏实地
十六始展眉(成语)	喜出望外

十五为"望"日,十六即在"望"之外。展眉,高兴的样子,会意扣"喜出"。

吕子明白衣渡江(成语)	蒙混过关

面为《三国演义》第七十五回回目。底顿读为"蒙/混过关"。"蒙"指吕蒙,"关"指关云长,别解为"吕蒙混过了关云长"。

丈人但安坐(成语)	稳如泰山
归隐一丘中(成语)	藏之名山
南征北战(5字成语)	水火不相容

面为电影名。依五行与五方互配之法,南为"火",北为"水","征""战"用会意法扣"不相容"。

干支对对不相同(6字成语)	丁是丁,卯是卯
胜境观光站(6字成语)	立于不败之地
相吻咬破唇,冤家急拍手(6字成语)	亲者痛,仇者快
娘娘懿旨:刀下留人(7字成语)	置之死地而后生

纪清华,1947年6月生,福建省石狮人。石狮市灯谜协会名誉会长,蚶江侨乡谜社社长。

许友金

浪呀么浪打浪（成语）	一波三折
塞雁一声寒（成语）	人自为战
一局一回新（成语）	下不为例

　　面出宋·刘镇《八岁女善棋》。

日暮乡关何处是（成语）	不知就里
前有宋清，后有龚旺（成语）	乐在其中
千金散尽还复来（成语）	出尔反尔
对三变词青眼有加，总有新鲜感（成语）	永垂不朽
竹放新梢欲过墙（成语）	节外生枝
门当户对，宜其室家（成语）	各适其适
渊深而鱼生之，山深而兽往之（成语）	因势利导
百啭无人能解（成语）	自鸣得意
脚力到时皆我有（成语）	自给自足
人中吕布，马中赤兔（成语）	两全其美
以子之矛陷子之盾何如？其人弗能应也（成语）	利令智昏
下剪不要开小差（成语）	别出心裁

斥资莫造次品房(成语)	投其所好
头头是道话老子(成语)	言犹在耳
户口普查为哪般(成语)	国计民生
事发先后没在重庆(成语)	始终不渝
随意秋千寒食下(成语)	放荡不羁
筹谋癸巳增强项(成语)	画蛇添足
二男新战死(成语)	终有一别
走出大门不多路,一脚踹在塘里,挣起来,头发都跌散了,两手黄泥,淋淋漓漓一身水,众人拉他不住(成语)面出《范进中举》。	举措失当
滩声破胆落奔湍(成语)	急流勇退
汉皇重色思倾国(成语)	美中不足
俊臣乃索大瓮,火围如兴法(成语)	继往开来
兴在一杯中(成语)	情有独钟
一块石头落了地(成语)	掉以轻心
失物每从无意得(成语)	掉以轻心
霪雨霏霏,连月不开(成语)	富有天下
恶竹应须斩万竿(成语)	强本节用
钦封"三宝太监"(3字成语)	和为贵
何谓步韵(3字成语)	将相和

许友金,1946年10月生,福建省厦门人。厦门市职工谜协副会长,同安谜协会长。

许海魁

小商河岳帅吊爱将（成语）	千古兴亡
李白斗酒诗百篇（成语）	口角春风
乡音无改鬓毛衰（成语）	小往大来
马路原是羊肠径（成语）	小道大成
大葱洗得两三棵（成语）	六根清净
光头做导游（成语）	引而不发
陇上安家意无悔（成语）	心甘情愿
搭桥手术刀口大（成语）	心胸开阔
身无衣着不出门（成语）	户限为穿
因读书误习枪棒（成语）	文才武略
御敌造剑戟（成语）	斗而铸兵
运筹于帷幄之中（成语，卷帘）	计无所出
透消息匆匆起程（成语）	风吹草动
手下接令即放箭（成语）	左右开弓
在路东边独安家（成语）	左道旁门
双枪将辞行路满霜（成语）	平分秋色

子仪得雪青莲冤(成语)	平白无辜
兴霸伏首愿认输(成语)	甘拜下风
到站四十五分钟(成语)	立时三刻
麦穗扬花晚(成语)	后起之秀
女方通牒要退婚(成语)	收回成命
何谓美髯公(成语)	羽毛丰满
步随飞鹰逐苍狼(成语)	行同禽兽
再上阵又遭重创(成语)	两败俱伤
媒婆受数落(成语)	冷语冰人
记着被人打掉牙(成语)	没齿不忘
棋走暗着田字路(成语)	盲人摸象
偏爱小房所生子(成语)	亲如骨肉
周文王夜梦飞熊(成语)	将遇良才
演出木偶有绝招(成语)	拿手好戏

许海魁,1950年2月生,甘肃省天水人。天水市灯谜学会副会长兼秘书长。

严宗达

女子今有行（成语）	一字千金
地震海啸如刀兵（成语）	大动干戈
少乘班机多坐船（成语）	飞短流长
邮路尽是东西向（成语）	不见经传
倩疏林你与我挂住斜晖（成语）	不可终日
此天之亡我，非战之罪也（成语）	不可胜数
辘轳打水离不开绳子（成语）	井井有条
二支狼毫出佳作（成语）	双管齐下

　　按诗韵，佳扣齐下。

大丈夫（成语）	天下为公
对上暗号再接头（成语）	无征不信
没有住房也愿嫁（成语）	无所适从
三月（成语）	日中为市
秋末大寒，提前供暖（成语）	冬烘先生
驱荷复台是何人（成语，卷帘）	功成名就
电影配音演员（成语）	只言片语

服装城里卖什么（成语）	布衣之交
抵押贷款，光明正大（成语）	当之无愧
弈兴正浓不言谜（成语）	当局者迷
签下协议，只演下里巴人（成语）	约定俗成
皇帝的新衣（成语）	形同虚设
禁用密网捕鱼虾（成语）	抓大放小
一部《道德经》亘古不朽（成语，上楼）	言犹在耳
8（成语）	依样葫芦
姐妹易嫁（成语）	取而代之
9·11美联航175班机（成语）	经世之器

9·11事件中，该机是穿经世贸中心北塔的飞行器。

更那堪冷落清秋节（成语）	金吾不禁
会车必须顺道行（成语）	莫逆之交
忄（成语）	推心置腹
晁天王英名天下奇（成语）	盖世无双
待机入商海（成语）	等而下之
安得令吾出囹圄（成语）	落落大方
除夕夜出嫁（成语）	满载而归
振谜！兴谜！只闻呼声，不见振兴（成语）	靡靡之音

严宗达，1926年生，辽宁省辽中人。天津市职工谜协顾问。

吴仁泰

画黛弯蛾,莲钩蹴凤,与娇娜相伯仲也(成语)　　　　　一孔之见

  面出《聊斋志异·粉蝶》。谜底"孔"指篇中人物孔生雪笠。

乃别取一琴,作勾剔之势,使阳效之(成语)　　　　　十手所指

  面出《聊斋志异·粉蝶》。面句意为篇中人物十娘教授阳曰旦琴技。谜底"十"乃"十娘"也,"指"乃"指导"也。

高苑肆商,亦在其中(成语)　　　　　十目所视

  面出《聊斋志异·王十》,写高苑的王十,为鬼卒误捉,参与奈河淘浚工程,初至时所见。谜底"十"字实指其人,面句所述为其亲眼所见。

绛唇珠袖两寂寞(成语)　　　　　不动声色

  面出杜甫《观公孙大娘弟子舞剑器行》。"声色"一词用以概括歌舞、女色。

鬓未霜,视已茫(成语,双钩)　　　　　不明不白

月解重圆星解聚(成语)　　　　　天作之合

百岁曾无百岁人(成语,卷帘)　　　　　少年老成

作诗博得一生穷(成语)　　　　　文人无文

范进何以变成疯（成语） 乐在其中

偶语者弃市（成语） 出口伤人

万面鼓声中（成语） 打成一片

寸指不沾泥，鳞鳞居大厦（成语） 白手起家

夕阳返照桃花坞（成语） 白发红颜

《雨窗消意图》载：有人联句起句"柳絮飞来片片红"，众皆以其不通，画家金农续句"夕阳返照桃花坞"赢得一片叫好。底句释作"白色柳絮（因夕阳的映照）发出红的颜色"之意。

自生鼻内出，大不及豆，营营然竟出门去（成语） 目中无人

面出《聊斋志异·瞳人语》。长安方生，因轻佻妇女而致双目失明。某日，其妻"见有小人自生鼻内出，大不及豆，营营然竟出门去"。"小人"为其眼中瞳人。

于今宝镜无颜色（成语） 先见之明

满座重闻皆掩泣（成语） 动人心弦

你是必破工夫明夜早些来（成语） 后会有期

面出元·王实甫《西厢记》第四本第一折。张生与崔莺莺花好月圆之后，莺莺恐张生他日见弃，在莺莺临走之时，张生赶紧再约："若小姐不弃小生，此情一心者，你是必破工夫明夜早些来。"

无家别（成语） 在所不辞

一觞一咏（成语） 字斟句酌

姬喜，极赞盛德（成语） 成人之美

面出《聊斋志异·王成》。一日，王成"见草际金钗一股，……因把钗踟躇。欻一姬来寻钗。王虽贫，然性介，遽出授之。姬喜，极赞盛德，曰：'钗值几何，先夫之遗泽也。'"谜底"成"切题意变作

104

"王成"解。

投石冲开水底天(成语,双钩) 　　　　　　　成双作对

《醒世恒言·苏小妹三难新郎》载：苏小妹新婚之夜，以"闭门推出窗前月"为上联，要新郎秦少游对其下联，否则不许入洞房。少游急切思之，未有好对。站在庭中一花缸旁，望水苦思，东坡掷一石于缸中，少游顿悟出下联"投石冲开水底天"，遂得入洞房。

杜鹃啼时杜鹃红(成语) 　　　　　　　　　　有声有色
一人称得道,鸡犬尽升天(成语) 　　　　　　行同禽兽
马蹄服(成语) 　　　　　　　　　　　　　　两袖清风
风又飘飘,雨又潇潇(成语) 　　　　　　　　吹吹打打
但使南疆猛将在(成语,调首) 　　　　　　　来日大难

面出郁达夫《游于山戚公祠》诗："但使南疆猛将在，不教倭寇渡江涯。"戚公祠位于福州于山白塔寺东，为祭祀明朝抗倭名将戚继光而设。

奈何只存其二(成语) 　　　　　　　　　　　没大没小
狐惊痛,啼声吱然,如鹰脱鞲,穿窗而出(成语) 　势不可当

面出《聊斋志异·伏狐》。

毕竟英雄谁得似(成语) 　　　　　　　　　　卓尔不群

面出宋代苏轼的《郿坞》诗："衣中甲厚行何惧，坞里金多退足凭。毕竟英雄谁得似，脐脂自照不须灯。"谜底"卓"别解为"董卓"。

怜山又怜水(成语) 　　　　　　　　　　　　眉目传情
黄金散尽只留书(成语) 　　　　　　　　　　轻财重信
回娘家(成语) 　　　　　　　　　　　　　　适得其反
夕阳西下几时回(成语) 　　　　　　　　　　重见天日

此何声也,汝出视之(成语) 闻风而动

  面为欧阳修《秋声赋》句。

行船走马三分险(成语) 乘人之危

不共楚王言(成语,蕉心) 息事宁人

  面出王维《息夫人》。

泊人一(成语) 流落不偶

若得常将红袖拂(成语) 望尘莫及

  宋•吴处厚《青箱杂记》卷六载:"世传魏野尝从莱公游陕府僧舍,各有留题。后复同游,见莱公之诗已用碧纱笼护,而野诗独否,尘昏满壁。时有从行官妓颇慧黠,即以袂就拂之。野徐曰:'若得常将红袖拂,也应胜似碧纱笼。'莱公大笑。"

便舍船从口入(成语) 脚踏实地

苏门山上啸何来(成语) 登高一呼

  苏门山,在河南省辉县市百泉镇百泉风景区内,山顶有啸台,是魏晋时孙登隐居长啸处。孙登,善长啸,好读《易》。《晋书•阮籍传》:"闻有声若鸾凤之音,响乎岩谷,乃登之啸也。"后以"苏门啸"指啸咏。

八小时以外读书(成语) 等闲视之

吴仁泰,1924年生,浙江省绍兴人。中华灯谜学术委员会名誉副主任,合肥市灯谜协会顾问。

张士斌

谜面	谜底
游子重逢白发生（成语）	一了百了
离开吾王走四方（成语）	一五一十
节流计划（成语）	一五一十
今生同心，永结同心（成语）	一吟一咏
公孙胜再次表明（成语）	一清二白

《水浒传》人物公孙胜道号一清。

莫入林中驱二羊（成语）	一模一样
大连—汉口的乘客在此候车（成语）	三六九等

K369列车从大连开往汉口。

潇潇暮雨黄昏后（成语）	下落不明
天天改仪容（成语）	大仁大义
仪征天天在变化（成语）	大仁大义
妾言未敢忤姐意（成语，卷帘）	大逆不道
少年自负凌云笔（成语）	小题大做
莫要疏离杨诚斋（成语）	不远万里

宋诗人杨万里号诚斋。

107

没有调查就没有发言权(成语)	不明不白
月暗长堤柳暗船(成语)	不明不白
非张昌宗兄所言(成语)	不易之论

　　唐张昌宗兄乃张易之。

黑群(成语)	乌合之众

　　面为网络QQ用语。

嫁的郎君石将军(成语)	匹夫之勇

　　石勇诨号石将军。

所撰之联无辞采(成语,卷帘)	文不对题
《老子》(成语)	文以载道
没有顾客来发廊,未免冷清开音响(成语)	无理取闹
生意不在早晚(成语)	日中为市
电扇定转六十分钟(成语)	风行一时
征面(成语)	以貌取人
冯延巳家人有喜(成语)	正中下怀

　　五代词人冯延巳字正中。

学优者留校任教(成语)	好为人师
殡车到处找生意(成语)	寻死觅活
公说公有理,婆说婆有理(成语)	阴错阳差
重负使得众人忧(成语)	两败俱伤
曾受冉仲弓之助(成语,卷帘)	佐雍得尝

　　孔子弟子冉雍字仲弓。

夜渐寒深酒渐消(成语)	冷冷清清
过了这村没这店(成语)	投其所好

入夜庞德放悲声(成语) 更令明号

　　三国魏将庞德字令明。

窄衣纤体最相宜(成语) 束身自好

春分过后夜渐短(成语) 来日方长

风流第一数亮工(成语) 花甲之年

　　清代年羹尧字亮工。

离开铁笛仙,去看小李广(成语) 走马观花

　　铁笛仙、小李广分别为《水浒传》人物马麟、花荣的诨号。

秋分过后黄粱频(成语) 夜长梦多

且效罗本做客人(成语) 学贯中西

　　罗贯中名本字贯中。

乃冉有所为不假(成语,卷帘) 实事求是

　　孔子学生冉求字子有,亦称冉有。

飘然不系舟(成语) 放任自流

多人质问违规者(成语,卷帘) 法不责众

矮脚虎身为男人,恼其身材矮小(成语) 英雄气短

　　《水浒传》人物王英诨号矮脚虎。

金眼彪有惠与人(成语) 施恩布德

　　金眼彪为《水浒传》人物施恩诨号。

十月一日(成语) 是非分明

实不地道很显然(成语) 是非分明

留宿袁小修府上(成语,卷帘) 家道中落

　　明代文学家袁中道字小修。

孕妇衣服宜舒松(成语) 宽大为怀

寻找无盐（成语）	索然寡味
可以聊聊《老子》吗（成语）	能说会道

《老子》又名《道德经》。

多病故人稀（成语）	患难与共
病愈（成语）	患得患失
空将此身托小龙（成语）	虚与委蛇
发财在黔，漂流到滇（成语）	富贵浮云
何谓"私吞"（成语）	暗自得意
寂寞开无主（成语）	默默无闻
雨未成灾（5字成语）	天下无难事
矮脚虎与病关索展现各自特异处（6字成语）	英雄所见略同

矮脚虎、病关索分别为《水浒传》人物王英、杨雄的诨号。

夜袭时择子丑交，未见后援部队到（8字成语）

攻其一点，不及其余

问诊（12字成语） 即以其人之道，还治其人之身

张士斌，1976年5月生，江苏宝应人。常州市灯谜学会会长。

张礼鹤

火箭枚重三万斤（成语）	一发千钧
皮老虎（成语）	一鼓作气
签到处（成语）	人过留名
长期往来戈壁滩（成语）	久经沙场
半夜不会出太阳（成语）	子虚乌有
牛犊蹦上桥（成语）	小丑跳梁
北麓话登攀（成语）	山阴道上
避讳只准称观音（成语）	不可一世
捡到东西要交公（成语）	不可收拾
楚辞（成语）	不欢而散
远古风俗（成语）	不近人情
集体萝卜地，收获归集体（成语）	不能自拔
官吏相与庆于庭，商贾相与歌于市，农夫相与忭于野（成语）	为天下笑
车船准点旅客欢喜（成语）	及时行乐
雨打梨花深闭门（成语）	天下一家

因雨球赛改期（成语）	天下无比
导游（成语）	引人入胜
身上刺花不屑一顾（成语）	文人相轻
舟若有缝难搭客（成语）	无隙可乘
阴沟堵塞（成语）	水泄不通
卷我屋上三重茅（成语）	风吹草动
催吐药（成语）	令人作呕
临摹（成语）	以观后效
广交会上签合同（成语）	出口成章
专题影评（成语）	只言片语
井喷（成语）	冲口而出
一尺再加一点点（成语）	同归于尽
打肿脸充胖子（成语）	有容乃大
李闯王高夫人李兰芝（成语）	自成一家
俄尔（成语）	你中有我
成都草堂暂停开放（成语）	杜门谢客
潜水衣要改进（成语）	沉着应变
轻舟漫浆语呢喃（成语）	泛泛其谈
家徒四壁口懒开（成语）	穷极无聊
经济适用房（成语）	间不容发
马拉松现场报道（成语）	奔走相告
从一到十（成语）	屈指可数
水葬（成语）	放浪形骸
看望旅伴（成语）	视同路人

包裹提领处(成语)	待人接物
丝绸之路话新貌(成语)	说古道今
祭而丰不如养之薄(成语)	重生父母
病从脚跟起(成语)	疾足先得
一登大宝口懒开(成语)	称孤道寡
庚辰写到辛巳春(成语)	笔走龙蛇
一言既出,驷马难追(成语)	谈何容易
禁止登山(成语)	高不可攀
观景不行路(成语)	望而却步
等得鱼儿上钩后(成语)	揭竿而起
手拿面条待水开(成语)	等而下之
笔走龙蛇莱国公(成语)	落草为寇
毛公、司母戊(成语)	鼎鼎大名
首次(成语)	数一数二
毛毛(成语)	覆手为雨
普降瑞雪(5字成语)	大白于天下
捕风捉影莫瞎说(7字成语)	事无不可对人言
十一频道(7字成语)	是非只为多开口
匪(7字成语)	是非只为多开口

张礼鹤,1942年1月生,浙江镇海人。宁波市谜协会长。

李创龙

改组但为进三甲(成语)   一日千里

终生埋名居仁化(成语)   一日千里

似雪终须碾作尘(成语)   一以当十

小女子赖君复生,誓不他适,今从其志(成语,双钩)   一字连城

    面出《聊斋志异·连城》。底依格作"连城一字"。历尽曲折,史太守终将连城嫁与乔生。

细雨湿将红袖意(成语)   一衣带水

时迁乔装,混迹其中(成语)   三寸之舌

手把红笺书一纸(成语,卷帘)   中郎有女

    面出唐·窦梁宾《喜卢郎及第》:"手把红笺书一纸,上头名字有郎君。"

若有玄德免忧虑(成语)   无备乃患

正是三郎快活时(成语)   无愁天子

累累使人去求为亲,程万里不允。因此,日常间有些言和意不和(成语)   长平冤气

    面出《水浒传》六十九回,董平想娶程万里女儿,而程不允,董

平难免心生怨气。冤,通怨。

百翎直贯曹军寨(成语) 甘冒虎口

想得家中夜深坐,还应说着远行人(成语,卷帘) 白云亲舍

面为白居易《邯郸冬至夜思家》诗句。底依格作"舍亲云白",家中亲人在谈论着我(白居易)这个宦游在外的人。

厉声曰:"吾既与汝结为兄弟,汝嫂即吾嫂也,岂可作此乱人伦之事乎!"(成语,掉首) 白云亲舍

面出《三国演义》第五十二回,赵范欲将其寡嫂配与赵云,遭赵云严词拒绝。底依格作"云白亲舍"。亲,亲事。

但因调动到京中(成语) 回天倒日

至圣停骖处(成语) 如丘而止

意色举止,不异于常(成语) 安然如故

面出《世说新语·雅量》,谢安闻谢玄淮上捷音,不喜形于色,与人围棋如故。

其一人专心致志,惟弈秋之为听(成语) 当局者迷

面出《孟子·告子上》,二人向弈秋学棋,一专心,一无心,面言专心者。

成亲已经三月,未见丈夫同床(成语) 旷日持久

红袖青衫已断缘(成语) 男女有别

人而无信(成语) 言犹在耳

为菊朋未去(成语) 言犹在耳

面别解,菊朋作京剧名家言菊朋。

两心悲切前盟断(成语) 非日非月

意念似到地冲穴(成语) 思若涌泉

涌泉穴别名地冲穴。

三尺郎君七尺妻(成语)   眇小丈夫

辗转乡思到天明(成语)   胆大心细

一拳怎障泰山高(成语,卷帘)   难至节见

    面出《三国演义》第一百十九回诗"张节可怜忠国死,一拳怎障泰山高",底依格作"见节至难"。

没有红包不听话(成语)   唯利是从

心中大怒,瞪目直视良久(成语)   盛气凌人

    面出《三国演义》第六十七回,凌统想起甘宁杀父之仇,又见吕蒙夸美之,不禁大怒。底释为盛怒者,凌统其人也。

进封渤海郡公,朝臣莫与为比(成语)   自高自大

    面出《隋书·列传第六·高颎》,言高颎官大。

不事举业,淹贯经传百家,六年而业成(成语)   勤学好问

    面出《金史》,写元好问之勤学。

李创龙,1973年10月生,广东普宁人。普宁市灯谜协会秘书长。

李牧雏

九十八张纸(成语)	一刀两断
一刀纸100张。	
马蹄声声科考时(成语)	一举两得
三四泉眼吐氤氲(成语)	七窍生烟
数顾茅庐出祁山,几伐中原一般同(成语)	三六九等
以超过三万年为限(成语)	大千世界
人独处,信终到,泪干渐宽怀(成语)	大言不惭
兹欲得天下归心,定非顺一人之心(成语)	大慈大悲
日移涧中去,云顶远舟还(成语)	不二法门
棋局相伴了一生(成语)	与子偕老
离别愁楚生,拆开不容易(成语)	分忧解难
夜半难辨户扉(成语)	天子门生
人生七十古来稀(成语,卷帘)	少年老成
张弓严把守(成语)	引以为戒
屈子离去面带忧(成语)	平分秋色
挥戈西剿去,三分终还之(成语)	划一不二

娘娘一见愁便生（成语）	后顾之忧
边走边说边洒泪（成语）	行云流水
人生失意心已碎,落花相伴愁又添（成语）	两败俱伤
书册蒙厚尘（成语）	卷土重来
正楷变体莫放大,匠心独具终展眉（成语）	草木皆兵
虽滔滔不绝,却没啥修为（成语）	说长道短
良人萦怀心飞扬,华发始现终受苦（成语）	食古不化
流逐孤舟破晓天（成语）	浮一大白
只道是初上高校心不静（成语,卷帘）	浮一大白
两节课共投十票（成语）	堂堂正正
修成正果度众生（成语）	得道多助
此意凄凉谁共语（成语）	惨无人道
月圆之夜,三更登基（成语）	望子成龙
晴逐山岚散,朦胧泽始现（成语）	清风明月
追查到底,减少过失（成语）	盘根错节
风波浩荡袭行者（成语）	盛气凌人
席上夕梦断,杯碎佞女离（成语）	麻木不仁
日落胭淡水月空,进门从良始释怀（6字成语）	不食人间烟火
在世心愁病魔扰,撒手西天眉仍锁（8字成语）	生于忧患,死于安乐

李牧雏,1980年8月生,广东揭西人。深圳市灯谜学会副秘书长。

李培镇

只语化危境（成语） 一言难尽
梁山地煞尽俊杰（成语） 七十二行
卒中往往语（成语） 人尽其言
棋无定着（成语） 下不为例
结宇依青嶂（成语） 开门见山
比干如何把命丧（成语） 心不在焉
玉碗盛来琥珀光，但使主人能醉客（成语） 东倒西歪
蜡丸藏妙策（成语） 外圆内方
环村居者皆猎户（成语） 打成一片
懒抚七弦绿绮（成语） 动弹不得
衣锦还乡时，披星戴月归（成语） 回光返照
弥留无忘卧薪时（成语） 死记硬背
长剑耿耿，倚天之外（成语） 利出一空
主人大喝客擂鼓（成语） 声东击西
为有骄阳枝更荣（成语） 来日方长
重复乱开支（成语） 花花草草

纤纤作细步（成语）　　　　　　　　举足轻重

先锋失误便失误（成语）　　　　　　将错就错

手机接起没出声（成语）　　　　　　按下不表

满目奇峰总可观（成语）　　　　　　高山景行

闲来画幅青山卖（成语）　　　　　　唯利是图

对酒还自倾（成语）　　　　　　　　唯我独尊

蜂蝶何处觅新花（成语）　　　　　　隔墙有耳

寒暑易节,始一返焉（成语）　　　　满载而归

即今河畔冰开日（成语）　　　　　　融会贯通

渐开冰解山泉溜（成语）　　　　　　融会贯通

李培镇，1974年8月生，福建云霄人。

束洪波

终以贪婪成性,是亏心,身名裂（成语）　　人生如梦

转过身去,似见"鬼脸儿"一人来（成语）　　大兴土木

友走西北展鹏图,扬手作别征尘远（成语）　小肚鸡肠

哑巴亏（成语）　　　　　　　　　　不白之冤

要做就做一把手（成语）	不当不正
陈奇郑伦皆战死（成语）	不哼不哈
一把吉他不留弦（成语）	六根清净
工作反倒难清闲（成语，卷帘）	少不更事
《杨嗣昌集》（成语）	文弱书生

  杨嗣昌，字文弱。

叶叶翻新貌，松柏始不绝（成语）	古色古香
中英文句号能切换（成语）	可圈可点
一晃整二载，终于得认肯（成语）	正大光明
所说的话都要铭记（成语）	有口皆碑
开花不与我商量（成语）	自作主张
心存戒好过心无戒（成语，卷帘）	防不胜防
入住五星级宾馆（成语）	投其所好
礼、乐、射、御、书、数样样精通（成语）	身怀六甲
要猜出此谜，必加提示（成语）	命中注定
玄大怒曰："我看了三日，汝敢欺我！汝前日不力战，必有私心……"（成语，掉首）	忠言逆耳

  忠，指黄忠。

楼盘规划应持续（成语）	房谋杜断
呼船摆渡济城郭（成语）	招摇过市
来者正是金眼彪（成语）	知遇之恩
在农村，青壮年都出去打工了（成语）	遗老遗少
新官上任岂能少把火（5字成语）	着三不着两

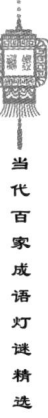

121

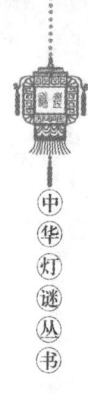

束洪波,1971年1月生,黑龙江大庆人。黑龙江省灯谜学会副秘书长,互动谜社(网络)社长。

杨建忠

三十年后又是条好汉(成语)	一世之雄
颠倒青苔落绛英(成语)	一败涂地
封口(成语)	一窍不通
独有计策黄昏施(成语)	一筹莫展
副职(成语)	不务正业
随意发起战争(成语)	不拘一格
愿天下有情人终成眷属(成语)	无独有偶
润物细无声(成语)	天下太平
笑纳(成语)	乐不可支
前日风雪中,故人从此去(成语)	行之有素
踏上归途天已暗(成语)	来路不明
巧舌成锦绮(成语)	声色俱厉
文君真乃奇女子(成语)	卓尔不凡
方寸无人知(成语)	居心叵测

独上西楼,望尽天涯路(成语)　　　　　　高瞻远瞩
黄公覆一生豪杰(成语)　　　　　　　　盖世英雄
网上查寻祖籍地(成语)　　　　　　　　搜根问底
一从梅粉褪残妆(成语)　　　　　　　　新陈代谢
朝朝不见日(成语)　　　　　　　　　　黑白难分
须臾献首帐下,曹阿瞒方省悟曰:吾中计矣(成语)　操之过急
神明(6字成语)　　　　　　　　　　　人不知,鬼不觉
悬棺(6字成语)　　　　　　　　　　　死无葬身之地
童子难耐,扰了父辈计(7字成语)　　　　小不忍则乱大谋

杨建忠,1950年2月生,浙江省丽水人。丽水市民协灯谜专委会委员。

苏　颖

首要的是有意使把劲(成语)　　　　　　一乃心力
担(成语)　　　　　　　　　　　　　　一手遮天
王成(成语)　　　　　　　　　　　　　一字连城
破落后雪上加霜(成语)　　　　　　　　一穷二白

本纪、世家、列传（成语）	人各有志
力挺太太整容，从前模样大变（成语）	三人为众
扩距（成语）	大手大脚
人不风流只为贫（成语）	大有起色
没人猜我只好揭底（成语）	不打自招
天涯何处无芳草，何必非在身边找（成语）	不近人情
愈合之后半释怀（成语）	心口不一
实在没招才用此法（成语）	无计可施
游完水洞，文即写就（成语）	出口成章
对爱人暴力，对美人粗口（成语）	打情骂俏
痼疾复发致身亡（成语）	生老病死
正见（成语）	目不邪视
原住楼层比较低（成语）	后来居上
各处方言都说说（成语）	地地道道
白蛇化娘子，样子分外娇（成语）	成人之美
PK 且待牛年后（成语）	两虎相争
目标一致，统一口径（成语）	志同道合
首谜一出，发现泄白（成语）	抛头露面
经济适用房（成语）	间不容发
蒙头盖脸睡两觉（成语）	息息相关
就怕过十五（成语）	望而生畏
阃奥之中传信来（成语）	深居简出
斧破屋墙，窃之一空（成语）	凿壁偷光
爱好旅游，中秋远行（成语）	喜出望外

微软补丁更新达三位数说明什么（成语）	漏洞百出
王不留行（3字成语）	走为上
密封好了才能起飞（6字成语）	天机不可泄露

苏颖，1972年2月生，辽宁沈阳人。辽宁网络灯谜协会会长，春风谜社社长。

苏德友

妾身独自过去（成语）	一如既往
百姓周吴论排位（成语）	人五人六
关胜李逵亮兵器（成语）	大刀阔斧
十六始成亲（成语）	大喜过望
运筹帷幄之中（成语）	不出所料
并非郑伦和陈奇（成语）	不哼不哈

《封神演义》中郑伦鼻哼白气制敌，陈奇口哈黄气擒将，被称"哼哈二将"。

洪国游何许人也（成语）	天王老子

天王洪秀全父名洪国游。

烟酒面前不客气(成语) 水火无情

稳定需要常管理(成语) 长治久安

天下好诗载满船(成语) 风雨同舟

李逵宋江立船头(成语) 风雨同舟

情敌鼓劲生妒意(成语) 加油添醋

官员座次搞不定(成语) 左右为难

言(成语) 未之详也

冯延巳一杯落肚(成语) 正中下怀

  五代词人冯延巳,字正中。

中华振兴谜事兴(成语) 龙腾虎跃

忽如一夜春风来(成语) 百花齐放

风水先生生性奇(成语) 阴阳怪气

  风水先生又称阴阳先生。

茨农就怕连阴雨(成语) 杞人忧天

  民间俗称枸杞为"茨"。

老婆基本不碰,工资基本不动(成语) 花花公子

  第一个花为花心,第二个花为花公家的钱。

伸出两指喊"茄子"(成语) 相机行事

和棋告终(成语) 相持不下

学生父母数他矮(成语) 家长里短

常存抱柱信(成语) 爱不释手

靶场(成语) 弹丸之地

哥俩爱上一个人(成语) 情同手足

走得真棒夺第一(5字成语) 行行出状元

鼓上蚤子夜出行（6字成语）   此一时，彼一时

颜柳欧赵久不临，更有庭坚识不得（8字成语）

     四体不勤，五谷不分

苏德友，1947年生，河南卫辉人。宁夏灯谜学会会长。

邱茂文

耳（成语）	一官半职
之乎者也不离口（成语）	一表斯文
人在家中坐，祸从天上来（成语）	不安于室
严禁请向导（成语）	不得要领
九人（成语）	反目成仇
不管做什么，从未出差错（成语）	无事生非
两端都有路（成语）	头头是道
莫把忧愁憋心里（成语）	休戚相关
择其善者而从之（成语）	好为人师
太太连声应允（成语）	好好先生
馒头未熟莫揭锅（成语）	别开生面

击掌赞宝刀（成语）	拍手称快
四人以手表决，少数表示同意（成语）	举一反三
十年未改旧官职（成语）	原封不动
疏林落鸟对不识（成语）	栩栩如生
在天愿作比翼鸟（成语）	浮想联翩
所犯错误暂不究（成语）	得过且过
冯谖烧券何所图（成语）	望文生义
秘密邀请他拒绝（成语）	隐约其辞
只待雨淋头（成语）	等而下之
三寸金莲小——横量（成语，卷帘）	微不足道
蓄发（成语）	置之不理

邱茂文，1964年8月生，安徽六安人。江苏省职工谜协理事。

陈书法

且将其身委娘子（成语）	一体相关
危房（成语）	不安于室
日暮时分到故乡（成语）	不明就里

打了败仗心中恼（成语）	不胜其烦
跟随领导出谋划策（成语）	从长计议
中山先生，主张共和（成语）	分文不取
书生体貌多苗条（成语）	文人相轻
看到情况有变，立即考虑转移（成语）	见异思迁
终生行医保康宁（成语）	长治久安
碰杯上任唱一曲（成语）	对酒当歌
服装展上结友谊（成语）	布衣之交
主持人靠嘴吃饭（成语）	自食其言
吃喝穿戴靠二老（成语）	衣食父母
夫妻钱多却离异（成语）	男女有别
老子道德传到今（成语）	言犹在耳
三月再来故地行（成语）	季重旧游
拨亮灯盏赏金发（成语）	明察秋毫
通晓天地非难事（成语）	知人不易
麦粉质量保稳定（成语）	面不改色
弯腰挺胸都有才（成语）	能屈能伸
姚明独自在守候（成语）	高人一等
有钱能使鬼推磨（成语）	唯利是从
好人被免职，日子不再甜（成语）	善罢甘休
足球（成语）	富有天下
婚后成了丧门星（成语）	嫁祸于人
螃蟹乱爬必有雨（成语）	横行天下

陈书法,1951年5月生,山西垣曲人。中国铝业西北铝加工分公司灯谜协会理事长,甘肃省谜友联谊会副会长,西北地区谜友联谊会秘书长。

陈伟斌

支吾其辞共叹别(成语)	一五一十
落红狼藉印苔泥(成语)	一败涂地
闺中分明梦已残(成语)	一朝一夕
安神(成语)	人心思定
伴灵(成语)	与辛为伍
方寸已尽破(成语)	心不在焉
贫居闹市无人问(成语,卷帘)	光临寒舍
转职调到边防所(成语)	耳听八方
不用方言(成语)	自圆其说
文章开头每败笔(成语)	作恶多端
道是嫁与意中人(成语)	言归于好
宋江怒火未熄(成语,掉首)	明公正气
无常教我惊失色(成语)	鬼使神差

角逐（成语）	毫不在乎
其母感大流星而有娠（成语）	喜从天降
多你半杯嘲自解（成语）	朝不保夕
留下诗篇我长温（成语）	遗风余习
为霞尚满夕阳坠（6字成语）	光天化日之下
临绝境正宫分娩（7字成语）	置之死地而后生
万民拥随周文王（8字成语半句）	得人者昌

陈伟斌，1981年1月生，广东潮州人。潮州市灯谜协会会员。

陈光作

显卡报警声声起（成语）	一长两短

显卡报警是显卡出了问题，声音为一长两短。

稚子敲针作钓钩（成语）	小试锋芒
浮云终日行（成语）	马不停蹄
三代老鼠拙打洞（成语）	不肖子孙
打鱼的打鱼，晒网的晒网（成语）	勾勾搭搭
关内关外盈手间（成语）	尺寸之地

只有文庙方参拜(成语)	无孔不入
老爹悬谜小儿猜(成语)	父为子隐
忽闻老板发癫狂(成语)	东风过耳
陕西黄土埋皇上(成语)	出人头地
戏台两侧上下场(成语)	出将入相
言及嫁人无语了(成语)	只字不提
如厕不一定小便(成语)	有的放矢
乃觉双颊绯(成语,双钩)	红颜知己
卧底不用前班人(成语)	耳目一新
拨(成语)	披头散发
惊堂响后立杖毙(成语)	拍案叫绝
中有绿痕隔七彩(成语)	青黄不接

七彩,红橙黄绿青蓝紫。

著书全为稻粱谋(成语)	咬文嚼字
户户开缸,家家曲香(成语)	春满人间
傻子儿子是傻子(成语)	种瓜得瓜
横吹洞箫下楼去(成语)	唇不离腮
琴声寂灭炊米尽(成语)	弹尽粮绝
误伤梨树患头风(成语)	操刀必割

曹操在洛阳大兴土木,修筑宫殿,不料自己用剑伤及了一棵已成精的老梨树,梨树树干马上就流出了血水。当晚曹操就开始做噩梦,梦到被梨树精索命,惊醒后就患上了恶性脑瘤。

陈光作,1946年11月生,山东临沂人。西安市灯谜学会副会长,长安文虎社理事。

陈建平

许都(成语)	一字连城
香江上下五千载(成语)	万古流芳
生死(成语)	亡命之徒
长幼有差别(成语)	大同小异
巨富始涉黄(成语)	大有起色
未找到索引(成语)	不得要领
文章连得一百分(成语)	元元本本
夜雨伴孤寝(成语)	天下无双
四海之内皆兄弟(成语)	天下无敌
暗中拍胸片(成语)	心照不宣
抱拳(成语)	手不释卷
秀才貌似不庄重(成语)	文人相轻
延年术(成语)	长久之计
总和儿时一样高(成语,卷帘)	长生不老
家主隐居在吐蕃(成语)	东躲西藏

只怨放翁签休书（成语）	光怪陆离
云长想起玄德来（成语）	关怀备至
白天（成语）	同日而语
做领导须有好酒量（成语）	当头棒喝
市值（成语）	连城之价
十恶（成语）	居心不良
读书偶记（成语）	念念不忘
与我旧时不一样（成语）	非同小可
一夜暴富逼榜首（成语）	怒发冲冠
勤织围脖方出名（成语）	积微成著
落后只因不重视（成语）	掉以轻心
曾经欺瞒骗云长（成语）	蒙混过关

陈建平，1966年4月生，江苏通州人。南通市职工灯谜协会、南通市群艺谜社会员。

陈征文

书论秦逐客（成语）	一表斯文

抓、挺都拿冠军（成语）	一举两得
四五个丑角（成语）	九牛一毛
版画《鼎足之势》（成语）	入木三分
白日依山尽（成语）	下落不明
兄长不能任一把手（成语）	大难当头
住所无常在（成语）	与鬼为邻
甘露时雨，不私一物（成语）	天下为公
衙门何来冤枉鼓（成语）	以屈求伸
诗仙昼寝（成语）	白日做梦
预言（成语）	有话在先
《石头记》包上白书皮（成语）	红装素裹
东来紫气满函关（成语）	老之将至
治大国若烹小鲜（成语）	耳食之言

面句见老子《道德经》。

独唱无人和（成语）	自得其乐
一卷冰雪文（成语）	冷言冷语
一把手调走旧貌变（成语）	改头换面
日步方行老眼昏（成语）	走马观花
唯翼德长矛可敌孟起（成语）	单枪匹马
百步穿杨目不移（成语）	命中注定
传令"决壅囊"（成语）	信口开河

面句见《史记·淮阴侯列传》。底"信"解为韩信。

神秘的老巷（成语）	故弄玄虚
倚门倚闾穿街盼，画体画睛破壁飞（成语）	望子成龙

以何市而返……视吾家所寡有者(成语)　　　　望文生义

　　面句见《史记·孟尝君列传》。孟尝君姓田,名文。

只有一个地球(成语)　　　　盖世无双

秘诀(成语)　　　　隐约其辞

摩崖自古擘书有,天下从今窃贼无(成语)　　　　凿壁偷光

刘基逝世悟轮回(成语)　　　　温故知新

与老子为邻(成语)　　　　隔墙有耳

陈征文,1947年10月生,浙江温州人。温州市职工谜协副会长。

陈昌年

蚕丛道路骅骝开(成语)　　　　一马平川

　　面出清·黄振河《为托见亭都阃题赵子昂画马》。蚕丛即川地。

今岁今宵尽(成语)　　　　一元复始

平原君……得十九人,余无可取者,无以满二十人(成语)

　　　　一毛不拔

　　面出《史记·平原君列传》,有一位毛遂未被选拔。

伯牙望知音,琴声意绵绵(成语)	一见钟情
误却生涯是一经(成语)	一念之差
东风夜放花千树(成语)	一鼓作气
浮沉各异势(成语)	上下有别
时拂楸枰约客棋(成语)	下里巴人
圣朝思直谏,不是挂冠时(成语)	义不容辞

面出储嗣宗《送顾陶校书归钱塘》。"辞"别解作辞职。

凝眸天尽头(成语)	大处着眼
天子好年少,无人荐冯唐(成语)	大而无当
揽镜自嗟双鬓改(成语)	大惊失色
枰上原无一着真(成语)	子虚乌有
九霄云锁绝光辉(成语)	不见天日
大盘急跌,无言以对(成语)	不在话下
君家何处住(成语)	不知所云
归来相见泪如珠(成语)	反水不收
久雨始无尘(成语)	天下大白
甘霖洒滂沛(成语)	天下之大
急雨倾屋翻狂雷(成语)	天下汹汹
八骏茫茫去不回(成语)	天马行空
户外一秀峰(成语)	开门见山
腐儒碌碌叹无奇(成语)	文人相轻
书中车马多如簇(成语)	文以载道
春江不可渡(成语)	无济于事
天下之刖足者多矣,子奚哭之悲也(成语)	水落石出

泪水落下是因为楚王认和氏璧为石。

始解颜于一箭(成语)	乐在其中
画其像购之(成语)	以貌取人
一语几潸然(成语)	出口伤人
阳间地府俱相似(成语)	生死与共
归来恰似辽东鹤,城郭人民,触目皆新(成语)	目不识丁
归伴有姮娥(成语)	回光返照
清真小吃香四溢(成语)	回味无穷
魂正在九霄云外(成语)	在天之灵
秦末群雄斗,沛县起汉王(成语)	多难兴邦
应是良辰美景虚设(成语)	好色之徒
娟娟月复出(成语)	如影相随

"娟娟"去"月"余下两个"如"字。

脚步儿占了鳌头(成语)	当行出色
遨游携艳妓(成语)	当行出色
春光好(成语)	曲尽其妙
有路在壶中(成语)	曲径通幽
危梯叠藓苔(成语)	至高无上
往来无白丁(成语)	达官贵人
乾坤分上下(成语)	别有天地
病房不收装病者(成语)	别来无恙
以吾之众旅,投鞭于江,足断其流(成语)	坚不可摧

面出《晋书·符坚载记》。坚,指符坚。

四知美誉留人世,应与乾坤共久长(成语)	声威大震

面出胡曾《咏史诗·关西》。震,指杨震。名声和威望都很大。

华笺落九霄(成语)	妙语天下
人披铁甲偏雄壮,马摇玉勒难遮挡(成语)	势在必行
笔墨皆琼玖(成语)	奇文瑰句
叶上题诗欲寄谁(成语)	放任自流
更无舟楫碍(成语)	放任自流
栋宇摩霄汉(成语)	空中楼阁
将军不是鸢肩辈,耻向椒房取通侯(成语)	青云直上

面出《将军行·卫青》。卫青正直取得高位。

文王夜梦飞熊兆(成语)	将遇良才
搜剔遍岩穴(成语)	洞察一切
断交之后如路人(成语)	绝处逢生
调控房价未见效(成语)	贵在坚持
若使仓舒在,我亦无天下(成语)	首当其冲

面出《三国志·魏书·武文世王公传》。仓舒指曹冲。

绝顶有悬泉(成语)	高山流水
孤衾三十犹独拥(成语)	盖世无双
既往尽成空(成语)	虚应故事
脚踏实地无偏颇(成语)	就正有道
我于困顿已无辞(成语)	道尽途穷

陈昌年,1964年1月生,江苏如东人。如东灯谜研究会会长。

陈振凡

十艺九不成（成语）	一技之长
王明娟既获金牌，又破纪录（成语）	一举两得
举重冠军皆富有（成语）	力大无穷
向前看——齐！（成语）	义无反顾
代沟（成语）	大同小异
潘金莲便去脚后扯过两床被来，劈脸只顾盖（成语）	大难临头
传道授业解惑也（成语）	为人师表
《满庭芳》（成语）	书香门第
日立（成语）	心满意足
吕奉先辕门射戟（成语，双钩）	止戈为武
一句话影评（成语）	只言片语
铁扇公主拨弦娱夫君（成语）	对牛弹琴
但愿无长别，合形作一躯（成语）	生死之交
万缟纷披兹独秀（成语）	白里透红
眼疾（成语）	先睹为快
权门何来车马稠（成语）	因势利导

周瑜何计杀蔡瑁（成语）	字里行间
孟母闻子辍学时（成语）	当机立断
富翁辞别穷汉归（成语）	有去无回
霓虹吐火，葡萄滴翠（成语）	灯红酒绿
被驱不异犬与鸡（成语）	行同禽兽
闲庭信步（成语）	行若无事
嫦娥缄口不开，袭人无地自容（成语）	闭月羞花
张翼德大闹长坂桥（成语）	围魏救赵
战书（成语）	纸上谈兵
雪飞玉宇，春满人寰（成语）	花天酒地
张骅（成语）	走马观花
纣王宠妲己，幽王戏诸侯（成语）	幸灾乐祸
凝思（成语）	非分之想
魔术大师成大款（成语）	变化无穷
不是王侯誓不嫁（成语，调尾）	封官许愿
二郎平生好出游（成语）	神不守舍
经商热（成语）	赴汤蹈火
散作乾坤万里春（成语）	香飘四溢
钦赐贞节牌坊（成语，调首）	称孤道寡
无令决不行（成语）	唯命是从
殷勤拂拭何所冀（成语）	望尘莫及
西风过园林，青山遮不住（成语）	落花流水
酒徒金樽举浊酒，红楼香冢泣残红（成语）	醉生梦死
成帝宫中立赵后，张生厢西结佳偶（成语）	燕侣莺俦

"一骑红尘"驮何物(3字成语)	行必果
天罡合谋趋向北(7字成语)	三十六计走为上

陈振凡,1939年2月生,浙江苍南人。虎友谜社名誉社长。

陈继耿

打破平局争三分(成语)	一干二净
终生真心修香火(成语)	一日三秋
放手改革挑重担(成语)	一日千里
这球比原价便宜七成(成语)	一波三折
如潮汐起落,似浮云无根(成语)	一朝一夕

潮汐起落,将"潮汐"二字的起头部分落掉,剩下"朝夕";浮云无根,"云"字没有了根部,剩下"二",浮动后变为"一一"。

邀朋共举杯,怡然人自逸(成语)	十月怀胎
荣誉半寄甘苦中(成语)	大兴土木
别友经月见奇姿(成语)	大有可观
花开还耐连日雨(成语)	不时之需

花开还耐,意思是将"还耐"分开,再连上"日"和"雨",组成谜

底"不时之需"。

云起山环绕,花落水湛清(成语)	不堪一击
荒乱散亡两挂怀(成语)	不慌不忙
人一恳切也主动(成语)	天地良心
残花六出白堤畔(成语)	比比皆是
云长妙计淹七军,孔明巧摆八阵图(成语)	水落石出
今日诗坛谁是主(成语)	风行万里

面出宋·姜特立《谢杨诚斋惠长句》诗:今日诗坛谁是主?诚斋诗律正施行。

西行歌飘终唱别(成语)	风吹日晒
八载起落如潮汐,但教心静情亦逸(成语)	只争朝夕
这牌很显然,一分捞不到(成语)	正大光明
孤松枝畔虾半露(成语)	瓜田李下
备临终托孤,半卧榻上(成语)	瓜田李下
想要人不知,嘴头别多言(成语)	矢口否认
天下同心面貌改(成语)	合二而一
隐没在流水间,是宫女的一页书(成语)	吕安题凤
终生如朋友,谁能拆得散(成语)	有口难言
鼓吹分裂者,此一二人也(成语)	欢天喜地
专家高手年五十(成语)	达人知命
花开俄尔间,一现品更香(成语)	你唱我和
南杏四分,人参二两,生地二分(成语)	吞吞吐吐
掩土庵后自安心(成语)	奄奄一息
十载存亡近如影(成语)	姑妄听之

挑担干改革,月月历波折(成语)	披肝沥胆
杨柳前头,形影相依,小两口心心相印(成语)	林林总总
古语称作"躯"(成语)	现身说法
每至绕床后,无心情更笃(成语)	青梅竹马
先分析,后刻画,力求之工稳(成语)	急功近利
怎地得兄长与小弟出得这口无穷之怨气,死而瞑目(成语)	施恩望报

面出《水浒传》第二十八回:"施恩重霸孟州道,武松醉打蒋门神。"

大王含垢归百越(成语)	皇天后土
人人合作,推动三通。来日统一,要靠同胞(成语)	胆大包天
岸上赏月同温存,折梅寄言送春归(成语)	海誓山盟
痴心人,终究要虚度一生(成语)	疾恶如仇
暮来少女期重逢(成语)	莫明其妙
恨不生为男儿身(成语)	顾盼自雄
负担一加大,人心愈难安(成语)	偷天换日
两晋尚存一遗址(成语)	堂堂正正
时时勤拂拭(成语)	望尘莫及
呈良计,迷夫差,越王终得一归(成语)	嗟来之食
说那里话!"四海之内,皆兄弟也。"(成语)	富甲一方

面出冯梦龙《杜十娘怒沉百宝箱》,为孙富对李甲所言。

| 盛德绝伦郗嘉宾(成语) | 超人一等 |

郗超(336—378),字景兴,一字嘉宾,高平金乡(今山东)人,东晋大臣。王坦之年轻时与郗超齐名,当时有谚云"盛德绝伦郗

嘉宾,江东独步王文度"。

几度去相访,一心为复汉(成语)	想方设法
相思如染疾,田舍忘归处(成语)	痴心妄想
往昔志如铁,辗转凡根断(成语)	错失良机
重见雨生晋岭后(成语)	零零星星
夷吾多觊觎,少伯擅料事(成语)	管窥蠡测
白话文作家,李敖排座次(6字成语)	三句不离本行
自从再离别,怀土也怀人(6字成语)	天不怕地不怕

孔明曰:"倘若放了时,却如何?"云长曰:"愿依军法!"(8字成语)

以言取人,失之宰予

　　面出《三国演义》第四十九回"七星坛诸葛祭风,三江口周瑜纵火",诸葛亮派关羽镇守华容道准备生擒曹操,但又恐关羽碍于昔日情面放过他,故有此段对话。底见《史记·仲尼弟子列传》,说的是孔子的弟子宰予,能说会道,利口善辩。他开始给孔子的印象不错,但渐渐地露出了本来面目:品德低劣,性格懒惰,不爱读书。为此,孔子骂他是"朽木不可雕"。后来,宰予靠着口才,在齐国做官,终因作乱被齐王处死。

功课不熟愁眉锁,脑筋不灵怎开颜?(8字成语)

生于忧患,死于安乐

对弈浑不觉,身后道宇寂(8字成语)	当局者迷,旁观者清
单口相声夺冠,对口相声屈亚(8字成语)	说一是一,说二是二

想消灭鬼子,务必摒弃偏见,相互合作(10字成语)

不求同日生,但求同日死

陈继耿,1976年10月生,广东普宁人。中华灯谜学术委员会青年网络部部长,风云谜社社长。

陈清泉

凭借子翼除蔡张(成语)	一干二净
孟起领兵寇葭萌(成语)	一马平川
云里金刚改而紧随神行太保(成语)	万变不离其宗
众猎户分扮大虫(成语)	三人成虎
金莲横下毒夫心(成语)	大难不死
身不满五尺,面目丑陋,头脑可笑(成语)	大模大样

面为《水浒全传》第二十四回形容武大长相的原句。

悟空思做遮体裙(成语)	与虎谋皮
老翁嚷着要剃头,老媪吵着要烫发(成语)	公说公有理,婆说婆有理
上平生所憎,群臣所共知,谁最甚者(成语)	切齿痛恨

面为《史记·留侯世家》张良语。刘邦最恨的人是雍齿。

宣赞荐将征梁山(成语)	引人入胜

典见《水浒全传》第六十三回。胜,关胜。

袁绍部下谁视刘玄德为屡败之将（成语）　　　　　文人相轻

　　典见《三国演义》第二十六回。文，文丑。

吴用道："这等人学他做甚么？"（成语）　　　　　无与伦比

　　面为《水浒全传》第十五回原句。伦，王伦。

金大升轻轻一挥武器（成语）　　　　　　　　　　牛刀小试

　　典见《封神演义》第九十二回。金大升真身是只水牛。

北王撒谎一再精（成语）　　　　　　　　　　　　韦编三绝

通灵宝玉真面目（成语）　　　　　　　　　　　　他山之石

诱魏延连呼三声"谁敢杀我？"（成语）　　　　　　令人叫绝

张清临阵施绝技（成语，掉尾）　　　　　　　　　以卵投石

乃取其一绨袍以赐之（成语）　　　　　　　　　　布衣之交

　　面出《史记·范雎蔡泽列传》。

荣国府谁是创始者（成语）　　　　　　　　　　　正本清源

子牙火烧琵琶精（成语）　　　　　　　　　　　　玉石俱焚

　　典见《封神演义》第十六回。琵琶精的真身乃是一面玉石琵琶。

猴王初生目光射（成语）　　　　　　　　　　　　石破天惊

忠肝义胆，实为纣王，虽剜二目，忠心不灭（成语）　任人唯贤

　　面为《封神演义》第十八回描述杨任事迹的句子。

愿与云长同年同月同日生（成语）　　　　　　　　休戚相关

云长次子调大军（成语）　　　　　　　　　　　　兴师动众

红玉又至相如家操持内室之责（成语）　　　　　　再作冯妇

　　典见《聊斋志异·红玉》。冯，冯相如。

六纵次次总败北（成语）　　　　　　　　　　　　如释重负

曹操怎知邹氏美(成语)   安民告示

    典见《三国演义》第十六回。曹操的侄子叫曹安民。

宋公明束手无策(成语)   江郎才尽

会计年龄大,数学有内功(成语)   老谋深算

巴郡伏兵候张飞(成语)   严阵以待

    典见《三国演义》第六十三回。严,巴郡太守严颜。

铁叫子当帮手(成语)   助人为乐

青面兽双夺宝珠寺(成语)   志在必得

吕奉先乘夜袭徐郡(成语)   攻其无备

    面为《三国演义》第十四回回目后句。备,刘备。

鼓上蚤火烧翠云楼(成语)   时势使然

袭人芳官伴宝玉(成语)   花花公子

圣僧恨逐美猴王(成语)   陈言务去

白天老公装谦虚(成语)   夜郎自大

两头蛇双尾蝎英雄非凡(成语)   奇珍异宝

即将他四马攒蹄捆倒,使金箍棒掬起来,握在肩上,径出后门(成语)   南山可移

    面出《西游记》第八十六回。"南山"别指面中"他"(南山大王)。

妲己设计害比干(成语)   急切之心

莽翼德直撞敌寨(成语)   突飞猛进

围寺之中遇君瑞(成语)   绝处逢生

车祸猛如虎,载客司机似杀手(成语)   乘人之危

陆绩怀橘人怎知(成语,卷帘)   倒果为因

武侯预伏锦囊计(成语)   倚马可待

面为《三国演义》第一百五回回目。马,马岱。

金桂在时,人人怕她(成语)   夏日可畏

    典见《红楼梦》第七十九回。夏,夏金桂。

汉用陈平计,间疏楚君臣(成语)   望其项背

    面为苏轼《范增论》文句。项,项羽。

晁天王入殓,众皆肃然无声(成语)   盖棺论定

投效晋武依权贵(成语)   趋炎附势

船火儿大闹浔阳江(成语)   横行霸道

陆逊大怒(5字成语)   书生气十足

断绝草还丹,大圣离果园(5字成语)   树倒猢狲散

唐僧不愿说俗姓,八戒却惧肚儿圆(7字成语)   人怕出名猪怕壮

虽投效司马子元,而仍心怀故主(8字成语)   前事不忘,后事之师

    三国时魏国权臣司马师字子元。

影视名人耍脾气,其势已愈演愈烈(8字成语)

                               星星之火,可以燎原

陈清泉,网名雪域苍狼。1949年5月生,甘肃天水人。西北谜友联谊会理事。

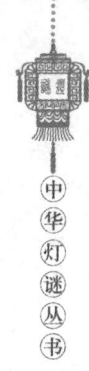

周　昕

分手照张离婚照（成语）　　　　　　　　　一拍两散
日落景致鸟恰乱（成语）　　　　　　　　　一鸣惊人
心焦为了节育事（成语）　　　　　　　　　人急计生
　　计生，计划生育。
大王见臣列观,礼节甚倨,得璧,传之美人,以戏弄臣（成语，卷帘）
　　　　　　　　　　　　　　　　　　　　义不帝秦
　　面出《史记》。大王，秦昭王。谜底依格读为"秦帝不义"。
妖精听说，唬得魂飞魄散（成语）　　　　　大惊小怪
　　面出《西游记》。
始终开怀耍跟头（成语）　　　　　　　　　不一而足
始终未清静，还需先谨慎（成语）　　　　　不情之请
独立蒙蒙细雨中（成语）　　　　　　　　　天下无双
人生始终无愧，过关浮一大白（成语）　　　天夺之魄
命里注定得不到（成语，卷帘）　　　　　　无中生有
克伴公临终发誓（成语）　　　　　　　　　无孔不入
　　据《孔氏家谱》，孔子第55世孙克伴公被困时，曾使其外甥解

困,却始终不见援军,临终前,克伴公对天发誓:"非孔姓子不入孔门。"

刘使君若不领此郡,我等皆不能安生矣!(成语)   无备乃患

    面出《三国演义》。

"海桂栋"由何得名?(成语)   韦编三绝

    面化用《鹿鼎记》第十五回"那是将海大富、小桂子、瑞栋三人的名字各凑一字"情节。

半飘雪动殆搁浅(成语)   风扫残云

出门便作东西水(成语)   左右逢源

我为上将,且不惜命(成语)   甘冒虎口

    面出《三国演义》甘宁百骑劫曹营故事。我,甘宁。

姓名一遭改,倾心始伤怀(成语)   生不如死

张择端(成语)   目不邪视

那少年心下惶恐(成语)   石破天惊

    面出《侠客行》第四章。那少年是石破天。

你知道那庄子是按着我爹爹五行八卦之术建造的。老毒物一踏进庄子,就知不妙(成语)   冲锋陷阵

声望不及"一剑飞花"(成语)   名满天下

    古龙小说中,一剑飞花是花满天的绰号。

接力赛谁跑首发谁饮酒(成语)   当头棒喝

大约不出三年,都要陆续下凡(成语)   百花齐放

    面出《镜花缘》。放,放逐下凡。

喝道:"住嘴!"段誉吃痛,忙道:"好啦,好啦,我不开口便是。"(成语)   行将就木

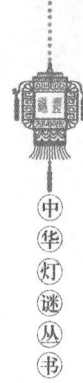

　　面出《天龙八部》。段誉表示同意,迁就木婉清。

原来他见完颜萍眼波中流露出一股凄恻伤痛、万念俱灰的神色,就如小龙女与他决绝分手时一模一样(成语)　　　过目不忘

　　面出《神雕侠侣》第十回,杨过难以忘怀小龙女的目光。

半生鸳梦惹叹息(成语)　　　　　　　　　　　呆若木鸡

军士被困多时,云大喝一声,挺枪骤马(成语,卷帘)　围魏救赵

　　面出《三国演义》,前句"见张郃、徐晃两人围住黄忠",后句"杀入重围",赵云救出魏军围困的黄忠。谜底依格读为"赵救魏围"。

文君窃从户窥之,心悦而好之(成语)　　　　　远见卓识

　　面出《史记》卓文君从远处窥视司马相如,很是赏识。

以千金列几上。曰:"重负大德,请以相报。"(成语)　连城之价

　　面出《聊斋·连城》。

法王竟是半点也抗拒不得(成语)　　　　　　刺举无避

　　面出《神雕侠侣》,前句"小龙女那金针缓缓刺将过去",法王对刺来之举无法闪避。

想起了这个人,她就恨。因为她知道她纵然可以征服世上所有的男人,却永远也得不到他(成语)　　　　　　　林下风气

　　面出《多情剑客无情剑》。她,林仙儿。

锄后抚手离去,枯池梅落过半(成语)　　　　苦海无边

三人开辇时日早(成语)　　　　　　　　　　春晖寸草

理合王伦让这第一位与头领坐(成语)　　　　首当其冲

　　面出《水浒传》。头领,指林冲。

月明飞穗前,烟清绕橡中(成语)　　　　　　香火因缘

武林至尊,宝刀屠龙。号令天下(成语)　　　　唯利是从

　　面出《倚天屠龙记》。后句为"莫敢不从"。

春雨贵如油(成语)　　　　　　　　　　　　富有天下
整个房顶都淋湿(成语)　　　　　　　　　　满天花雨
烟消雾散后,和睦念如初(网络新成语)　　　秋雨含泪
恋旧待其以徒礼(8字成语)　　　　　　　　前事不忘,后事之师
善饮者,令郎也(10字成语半句)　　　　　　量小非君子
寄以为亲慰(10字成语半句,卷帘)　　　　　宁可信其有

　　面出冯敏昌《寄书》,前句为"滴泪写作书"。

周昕,1971年2月生,上海人。济南市谜协成员。

周跃建

空心菜(成语)　　　　　　　　　　　　　　一草一木
分表(成语)　　　　　　　　　　　　　　　一面之辞
晋升要由别人推举(成语)　　　　　　　　　不能自拔
凿岩掘出点点泉(成语,卷帘)　　　　　　　水滴石穿
四海兵戈无静处(成语)　　　　　　　　　　打成一片

153

三五团圆照满天(成语)	正大光明
早看早知道(成语)	先见之明
每当下棋叫杀,脑袋马上短路(成语)	行将就木
丫丫倒立(成语)	判若两人
口是祸之门,舌是斩身刀(成语,卷帘)	妙不可言
节前来开会,节后去开会,累得人如一头牛(成语)	芸芸众生
上不去,下不来(成语)	势如破竹

"不"字的上面去掉,余下部分形似"个";"不"字的下面,也形似"个"。势,表现出来的情况、样子。

何处可忘忧(成语)	定于一尊
频频叫杀,以弥劣着(成语)	将勤补拙
金田起义,定都金陵,坚决反清,轰轰烈烈(成语,卷帘)	热火朝天
首道程序不可放松(成语,卷帘)	紧要关头
初恋时如胶似漆(成语,卷帘)	情有可原
云来也是空(成语)	虚有其表
头儿患病抚胸口(成语,卷帘)	痛心疾首

周跃建,1959年9月生,江西南昌人。江西省民协灯谜专业委员会副会长,南昌市职工灯谜协会副会长。

孟凡祥

大话(成语)	一人得道
给力写成合力(成语)	一丝不挂
作曲家(成语)	一室生春
重整旧貌换新颜(成语)	一日千里
贾迎春误嫁中山狼(成语)	一字之差
主官将有再言降操者,与此案同(成语)	一切之权
天下曙色开(成语)	大放光明
老大意转拙(成语)	小巧玲珑
一丈青单捉王矮虎(成语)	女中丈夫
雨露不择地而施(成语)	天下为公
李逵宋江没遮拦(成语)	风雨无阻
曹雪芹洒泪写红楼(成语)	水落石出
真是笑死人(成语)	乐极生悲
终须一个土馒头(成语)	死得其所
搬家(成语)	有所变更
至今流不到腮边(成语)	有容乃大

踏雪（成语） 行之有素

二字作何解（成语） 如释重负

衣带渐宽终不悔（成语） 束身自好

过江千尺浪，入竹万竿斜（成语） 威风扫地

家园被毁泪涕然（成语） 流离失所

将选拔有为者当领导（成语） 欲罢不能

孟凡祥，1968年9月生，安徽霍邱人。六安市灯谜学会副会长。

昌庆锋

垂钓有深意（成语） 一线生机

家有仙妻唯织女（成语） 凡夫俗子

因君发起致远游（成语） 千里之行，始于足下

丞相践麦，本当斩首号令（成语） 从轻发落

　　面出《三国演义》第十七回。

随我到里边说话（成语） 从容中道

大圣即拉毫毛一把，丢在口中，嚼将出去，叫声"变"，就变了千百个大圣（成语） 分身有术

投名状难交,拼力斗杨志(成语)	无与伦比
罢黜百家,独尊儒术(成语)	无孔不入
丑角(成语)	牛之一毛
此诗非阿谀奉承,也非自吹自擂(成语)	风马牛不相及
渡水复渡水(成语)	延津之合
茶过卯时煎(成语)	当朝一品
擢颖凌寒飙(成语)	老气横秋
人迹板桥霜(成语)	行之有素
堕泪碑前泣谁逝,以革裹尸道男儿(成语)	问羊知马
缘何货予帝王家(成语)	卖主求荣
河汉纵且横(成语)	放任自流
寄语浮云意(成语)	空话连篇
高龄终修成正果(成语)	练达老成
万般皆下品,唯有读书高(成语)	舍本事末
别后惟所思(成语)	非分之想
被发行吟泽畔,颜色憔悴(成语)	原形毕露
旅舍叶飞愁不扫(成语)	家道中落
朔风一夕起(成语)	晚景凄凉
谁言天地宽(成语,卷帘)	高谈阔论
今有晁兄仗义疏财,智勇足备;方今天下人,闻其名无有不伏(成语)	盖世无双

面出《水浒传》第十九回。

左牵黄,右擎苍(成语)	鹰犬之用

昌庆锋,1968年4月生,安徽巢湖人。巢湖市职工灯谜协会秘书长。

林建兴

谜面	谜底
原为下人居中堂,曝光之后悲欲断(成语)	口是心非
坏及空前,自夸居上,后悔不及,狱中斩断(成语)	大言不惭
为贪之辈后欲逃,措手不及先挨毙(成语)	今非昔比
胸中有目的,贪足觅后计,各欲为霸首,到头先挨毙(成语)	凶相毕露
双规之后,夫人逃出,知有此日,何必当初(成语)	见仁见智
规划空前,心先自私,妄自称首,一文不值(成语)	见利忘义
焉居上,心不忠,官帽连人定落空,甭惜后归终(成语)	正中下怀
逃国外,惧头丢,破案前后终被揪,真是合该休(成语)	玉石俱焚
初即任,如皇上,权柄名分后皆断,前景心怎忘(成语)	白日做梦
自高无上,身歪居前,只认顶头,无视后边(成语)	目不识丁
何居心,从中篡,登台之后心中算,定把权先撵(成语)	目瞪口呆
靠大树,先为私,为首点点都刮净,到头尽丢失(成语)	争权夺利
随从后台先提职,共谋诡计前所无(成语)	危言耸听

先去揪贿赂,团结直向前(成语)	各有千秋
高干入囚,子孙逃走,到头跌落,有点像狗(成语)	因小失大
作弊后,已担心,相关点点都刮尽,到头先受刑(成语)	异想天开
受贿之后入狱中,谁知到头全是空(成语)	有苦难言
初任职,心欲篡,结帮亲属先提干,合该先斩断(成语)	耳目一新
泪水干,泪水断,人前垂头看,罢位之后心怎忘。到头权已空,友爱成虚幻(成语)	自作自受
受贿后,前功弃,断头且因恋名利,甭提头落地(成语)	别有用心
现在多见,贪吃在先,作弊背后,不顾讽言(成语)	吟风弄月
作坏断定先离位,奸官除后众人弃(成语)	坐立不安
大多窃位居前者,势及空前后必休(成语)	穷奢极侈
名利到头无,滑头该先除,后来钱何用,无必怨当初(成语)	刻骨铭心
揩油水,各先占,革职之后权先断,为首先完蛋(成语)	咎由自取
潜逃后,直不回,悲剧离散断是非,受贿后不归(成语)	居心叵测
抓去后,里边囚,撤职之后俺头丢,泪水空自流(成语)	掩人耳目
初执权柄先装廉,其心先歪断然休(成语)	麻木不仁
其为首贪,心态不安,携款潜逃,到头不堪(成语)	欺人太甚

林建兴,1952年生,福建福鼎人。福鼎市谜会秘书长。

林绍洪

秧歌舞步多有异（成语，卷帘）	一不扭众
按计划重回西北（成语）	九九归一
紧要关头有妙策（成语）	人急计生
死了都要爱（成语，卷帘）	人情世故
始皇二世施暴政（成语，卷帘）	义不帝秦
多为陌生人（成语，双钩）	不识大体
节日加班图加薪（成语）	不假思索
医生初弄瓦（成语，掉首）	中郎有女
郎君小李广，室内藏千金（成语）	夫荣妻贵
奏折推崇俱英豪（成语）	文举荐贤
失去玄德境堪忧（成语）	无备乃患
孩儿整日乐呵呵（成语，上楼）	无愁天子
定是东西走向（成语）	必经之路
徒得银两施善举（成语）	生财有道
百姓致富后，花费尚从俭（成语，卷帘）	节用裕民
挚友无须话语多（成语，上楼）	交浅言深

俺一认输就回来(成语,下楼)	返我初服
讥讽全都躲不过(成语)	刺举无避
奖金分配有失合理(成语,上楼)	赏不当功
果被孙伯符料到(成语,上楼)	算无遗策

林绍洪,1968年5月生,广东省潮阳人。汕头市潮阳区灯谜协会副秘书长。

武　骝

乃寝乃兴,维熊维罴(成语)	人生如梦
孩子尚幼小,说话莫大声(成语)	人微言轻
渺天雁阵白云淡(成语)	人微言轻
扁担水桶丢一边,三个和尚干瞪眼(成语)	不负众望
景帝封太宗大夫,武帝任长乐尉卫(成语)	不识时务

　　汉代名将程不识的官职。

目无领导,就地免职(成语)	不相上下
曀曀其阴,虺虺其雷(成语)	云集响应
三对冰藕脱淤泥(成语)	六根清净

161

面临解体,无计可施(成语)	分身乏术
遍插茱萸少一人(成语)	手足异处
拳脚荒疏因读书(成语)	文才武略
穷庙富方丈(成语)	无中生有
随从惊恐相继离(成语)	毛将焉附
单等宾客住下,才去填充饥肠(成语,双钩)	东食西宿
多胎重罚让你怕(成语)	令人生畏
就怕外行瞎指挥(成语,卷帘)	令人生畏
谢安呼侄一声声(成语)	玄之又玄
思心切,关卡上,枕头儿孤另(成语)	瓜田李下
九重泉路尽交期(成语)	生不逢时
活到老,学到老(成语)	生生不息
袒腹东床朝天鼾(成语)	仰人鼻息
门对太行与王屋(成语)	冲口而出
恻隐之心面流露(成语)	同情相生
落了一身富贵病(成语)	后患无穷
御厨络绎送八珍(成语)	多端寡要
一旦中奖,即赴陈仓(成语)	如获至宝
为妾甘将身抵债(成语)	如愿以偿
身居茅屋,胸怀天下(成语)	宅中图大
一生坦途谁人见(成语)	安常处顺
殡葬服务做广告(成语)	寻死觅活
从此重山曲径入,东阿急上扼边关(成语)	岌岌可危
倾囊箧眠十娘业已载余(成语,卷帘)	年过花甲

面出《警世通言·杜十娘怒沉百宝箱》。

万贯家财话当年(成语)	有言在先
晋公庭前植三槐(成语)	有所建树
遗腹子是双胞胎(成语)	死而复生
焦仲卿妻(成语,卷帘)	芝兰之室

面出《孔雀东南飞》。焦仲卿妻名刘兰芝。

面壁(成语)	观者如堵
"文革"结束我出世(成语)	劫后余生
黑哨遭众劾,内幕全解开(成语)	吹弹得破
雷公怒击散飞雹(成语)	声威天下
呼儿烹鲤鱼,中有尺素书(成语)	尾生之信
扑天雕倾囊相赠(成语)	应有尽有
明知电话响,无奈手难闲(成语)	应接不暇
拒绝黑箱操作,拥护选举公开(成语)	弃暗投明
避孕措施落实后(成语)	怀才不遇
野渡无人舟自横(成语)	时运不济
收腹勒腰,个头显高(成语)	束身自修
法律学遍,观念转换(成语)	穷则思变
点燃引线,人即离开(成语)	走为上着
确诊为SARS患者(成语)	明辨是非
爆肝肚片抢光,一盘猪蹄未动(成语)	贪心不足
诚实(成语)	信以为真
嫁汉嫁汉,图个肚儿圆(成语)	指腹为婚
虽为权贵,拜谒不难(成语)	显而易见

潜入黄河探玄机(成语)	浑水摸鱼
老宅坍圮,重修复原(成语)	倾盖如故
门托烟波作四邻(成语)	浮家泛宅
个小皮黑是假货(成语)	真相大白
捧腹每每金疮破(成语)	笑口常开
双乳尚留鹰爪痕(成语)	胸有成竹
望长安于日下(成语)	莫之与京
最美不过夕阳红(成语)	莫明其妙
案发多在黄昏后(成语)	诸恶莫作
乃先祖之法制(成语)	高曾规矩
尼父厄陈,惟弦于室(成语,卷帘)	弹尽粮绝
此病已愈,终生免疫(成语)	得过且过
获奖历史别再提(成语)	得过且过
蹄声伴随六月去(成语)	得过且过

　　农历六月为且月。

美滋滋不知家在哪(成语)	得意门生
一朝谢病还乡里,穷巷苍苔绝知己(成语)	患难之交
反问当初爱我否(成语,卷帘)	情有可原
早晚拥杯腹便便(成语)	晨钟暮鼓
寒衣缝就待君归(成语)	著作等身
九曲波涛渔火绿(成语)	黄卷青灯
天下皆书秦相篆(成语)	斯文体统

　　秦始皇统一中国,由宰相李斯在秦国原来使用的大篆籀文的基础上,进行简化,取消其他六国的异体字,创制了统一的文字书

体——秦篆,即小篆。

谜面	谜底
学海泛舟芸芸子(成语)	普度众生
和尚还俗添娇妻(成语)	释回增美
稍有欠缺就牢骚(成语)	微不足道
窗纱月色透玄机(成语)	漏网之鱼
译稿完成是归期(成语)	翻来复去
面对住行涨价,无奈合租合乘(3字成语)	和为贵
联手哄抬物价(3字成语)	和为贵
《石湖居士诗卷》(3字成语,卷帘)	集大成

范成大,号石湖居士。

底事尘封焦尾琴(5字成语)	何乐而不为
郑芝龙下棋赢夫人(7字成语)	失败乃成功之母
领导太多,必须精简(7字成语)	得缩头时且缩头
墓前栽树苗,来年郁葱茏(7字成语)	置之死地而后生

武骝,1949年5月生,江苏连云港人。连云港市灯谜学术委员会会长。

郑庆元

天上空中云聚散(成语)	一大二公
早上唉声午叹气,到了晚上泪珠滴(成语)	一日三秋
肚子挺起心头火(成语)	一鼓作气
分析原因有两个(成语)	大大方方
一见孟德夫人乱(成语)	大吉大利
天开雁阵过,堤后心伤悲(成语)	大是大非
人从无知到有知(成语)	不了了之
又怕见天,又怕见人(成语)	不毛之地
多亏邻里帮致富(成语)	不依不饶
如今跳槽十分多(成语)	少不更事
捧红成星撒钞票(成语)	火树银花
这个领导挺年轻(成语)	长生不老
枫树掩映炊烟起(成语)	风风火火
应对黑棋长考中(成语)	白费心机
一看谜面觉难啃(成语)	皮包骨头
日照祥云凤起舞(成语)	吉光片羽

落红满地乳鸦啼（成语）	有声有色
看淡股市撤资金（成语）	空头支票
三年清知府，如今又升官（成语）	肥头大耳
看望旅途伙伴（成语）	视同路人
孤身穿林听雨声（成语）	独步天下
雨雪不吝普天降（成语）	落落大方
小店才开业，送礼花销多（成语）	铺张浪费
万贯家财可迎娶，一贫如洗难进门（6字成语）	有过之，无不及

郑庆元，1949年9月生，山东菏泽人。河南省民协灯谜学委员会副会长，三门峡市灯谜学会会长。

金 鸽

提名之后，悲从中来（成语）	口是心非
从小经常看神话，孩子眼里尽稀奇（成语）	少见多怪
没了家，只好嫁鸡随鸡，嫁狗随狗了（成语）	无所适从
好生意要建立在消费基础上（成语）	火树银花
对外贸易法（成语）	出口成章

小哥洒脱,一生寻欢（成语）	对酒当歌
谜手抢着要放弃（成语）	打家劫舍
好汉做事好汉当（成语）	自作自受
要买就买优质房（成语）	投其所好
行,是个好主意（成语）	走为上计
钱少得还不够分红（成语）	金无足赤
少时伙伴每相见,半生笑骂亲情连（成语）	青梅竹马
不知说了什么,就变了脸（成语）	谈何容易
看了又看,想了又想（成语）	顾虑重重
早就用情专,肚子大得晚（成语）	晨钟暮鼓
雨雪纷纷几多愁（成语）	落落寡欢
徐方士到此一游（成语）	福无双至
收受贿赂,国法难容（成语,卷帘）	罪有应得
道路解封雪化时（成语）	融会贯通
结婚须把彩礼送（8字成语）	将欲取之,必先与之

金鸽,1972年7月生,浙江岱山人。舟山市职工谜协常务理事。

祖振扣

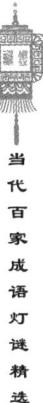

呱呱坠地，痛楚顿时飞天际（成语）	人生苦短
上套和上当，怎能说一样（成语）	大同小异
兴高采烈庆满月（成语）	大喜过望
病在夫身上，愁结妻心上（成语）	内忧外患
脸生白癜好心焦（成语）	内忧外患
报姓通名又亮号（成语）	只字不提
迷途孀妇施援手（成语）	失道寡助
拳击频频被搂腰，心怀耿耿起波涛（成语）	打抱不平
百姓爱侃熟知事（成语）	民不聊生
论干部终身制（成语）	白头到老
长大以后去纽约（成语）	成人之美
满腔怒火四肢酸（成语）	有气无力
领导不来没面子（成语）	有头有脸
富居榜首好风光（成语）	有头有脸
航班客未满（成语）	有机可乘
白头得子总提念（成语）	老生常谈

能人迎合呆子（成语） 行将就木
丈夫遵命，夫人发横（成语） 阳奉阴违
待到冬至过（成语） 来日方长
主动坦白交代（成语） 供不应求
麦粉没添增白剂（成语） 面不改色
苦辣酸咸皆入口（成语） 食不甘味

祖振扣，1940年生，河北深州人。北京市劳动人民文化宫灯谜组、北京谜友联谊会成员。

赵子鑫

初一年级第一学期，初二年级第二学期（成语） 七上八下
成人与儿童就是不一样（成语） 大同小异
披头散发，高声嚷叫（成语） 无理取闹
溃坝冲断了道路（成语） 水泄不通
精卫填海徒劳神，夸父逐日枉费心（成语） 水深火热
领导专拣对的说（成语） 头头是道
僧繇点睛，冯妇敛手（成语） 生龙活虎

杜鹃声里杜鹃红（成语） 鸟语花香

掉了几滴泪，下了几滴雨（成语） 丢三落四

大家盼着把家回（成语） 众望所归

拔河的拔河，聊天的聊天（成语） 拉拉扯扯

百花萧杀我花开（成语） 虽败犹荣

正在抽泣，何以逗乐（成语） 哭笑不得

有人勤剃头，有人懒梳妆（成语） 爱理不理

巍巍青峰两岸走（成语） 高山景行

让思想冲破牢笼（成语） 情不自禁

身上的诺基亚该换了（成语） 随机应变

双子星座遭毁，熊市连连出现（成语，卷帘） 跌跌撞撞

雷电阵阵，缩身连连（成语，卷帘） 躲躲闪闪

焉能光顾寻欢，荒了事业（5字成语） 何乐而不为

当代百家成语灯谜精选

赵子鑫，1963年4月生，福建惠安人。惠安县职工灯谜协会会长。

赵首成

下线何曾钓得来（成语） 一丝不挂

话到嘴边留半句（成语）	一言难尽
为咒语所遣（成语）	一念之差
去时拉纤去，归时摇橹还（成语）	一线生机
讲述《谏逐客书》（成语）	一表斯文
北派（成语）	一败如水
天生丽质难自弃（成语）	乃心王室
君臣抵足眠（成语）	上下交困
叠床而睡（成语）	上下交困
王婆设计，金莲投毒（成语）	大难不死
季伦酗酒容颜废（成语）	山光水色
自是之后，李氏名败（成语）	广陵绝响
故意将无字的白纸本儿教我们拿去（成语）	不见经传
借人幌子装门面（成语）	不打自招
丙（成语）	与人作对
独自怎生得黑（成语）	乌合之众
曹子孝呼为要钱太守（成语）	仁者之风
罗敷自有夫（成语）	仁者爱人
五彩云霞空中飘（成语）	天真烂漫
明皇盛世多拓疆（成语）	开天辟地
看着我的眼睛（成语）	引人注目
独坐黄昏谁是伴（成语）	日下无双
对客吹嘘幻天下（成语）	东风化雨
榜头题处笑开眉（成语）	乐在其中
风流不见秦淮海，寂寞人间五百年（成语）	叹为观止

剪取吴江半（成语）	巧夺天工
玄德接过，掷之于地曰："为这孺子，几损我一员大将！"（成语）	
	白云亲舍
一点朱唇万客尝（成语）	任人唯亲
送他一个吻（成语）	任人唯亲
六亲不认（成语）	休戚与共
只堪独自悲（成语）	休戚与共
干将莫邪匣内藏（成语）	名利双收
何前倨而后恭也（成语）	因势利导
书堪下酒（成语）	字斟句酌
育龄（成语）	有生之年
列屋而闲居（成语）	有所不为
说与旁人浑不解（成语）	自知之明
从规划谈起（成语）	自圆其说
来是空言去绝踪（成语）	至当不易
虽有绝顶谁能穷（成语）	至高无上
学作浙江游（成语）	行之有效
人迹板桥霜（成语）	行之有素
履声橐橐老臣来（成语）	行之有素
罢戏（成语）	行当无事
传令（成语）	达人知命
安得倚天抽宝剑（成语）	利出一空
本息一齐算（成语）	利在其中
郑子明（成语）	吴下阿蒙

疾者言疾（成语）	快人快语
患生而为之防（成语）	怀才不遇
高楼谁设，倚栏凝望（成语）	纲举目张
西蜀子云人竞夸（成语）	纷纷扬扬
修以鸡肋之意对（成语）	言归于好
纵横计不就（成语）	言犹在耳
君欲趯行力着鞭（成语）	走为上策
平虽美丈夫，如冠玉耳，其中未必有也（成语）	陈陈相因
苦恨年年压金线（成语）	刺刺不休
然幸有根蒂，犹可为力（成语）	势在必行
弈成平局，借故离场（成语）	和盘托出
曲终收拨当心画（成语）	居中调停
吟字如何成含字（成语）	降格以求
入伍通知书（成语）	信而有征
谁知一代生灵主，原是雕青郭雀儿（成语）	威尊命贱
死硬派（成语）	差强人意
秘药配剂，坚不传人（成语）	独霸一方
为问门前客（成语）	相去无几
照片登上光荣榜（成语）	相得益彰
吹落黄花一地金（成语）	秋风过耳
若为佣耕，何富贵也（成语）	胜友如云
嗅之，而不敢举步（成语）	闻者足戒
硬抵着头皮撞（成语）	首当其冲
古来投笔尽封侯（成语）	拿班作势

有客虚投笔（成语）	拿班作势
画匠传真马孟起（成语）	笔下超生
淡妆浓抹总无奇（成语）	粉饰太平
古渡飞骑依旧存（成语）	逍遥自在
未央宫里王孙惨（成语）	难以置信
妾在深宫哪得知（成语）	情不自禁
心中转恼,赶上前打得个只蕊不留,撒作遍地（成语）	情急败坏
酒旗如云（成语）	望子成龙
绘虎牙大将军安平侯图像于云台（成语）	盖世英雄
寿夭多因诽谤生（成语）	聊以卒岁
除夕话旧（成语）	聊以卒岁
谈笑间,强虏灰飞烟灭（成语）	聊胜于无
好汉一诺值千金（成语）	善男信女
孙善赉可比奸枭,李干先好似蠢虫（成语）	富甲一方
此兰乃昔日秦淮白门所绘（成语）	落草为寇
此莱公自度曲,他无作者（成语）	落草为寇
莱公遗稿（成语）	落草为寇
遗失二联单（成语）	落落寡合
向与老君是近邻（成语）	隔墙有耳
汝似庙中之神,虽受祭祀,恨无灵验（成语）	数黄道黑
周公恐惧流言日（成语）	毁于一旦
纺织专家（成语）	满腹经纶
纵然望门投止,莫不破家相容（成语）	避难就易

赵首成,1950年11月生,安徽寿县人。中国民协中华灯谜学术委员会学术研讨部部长,深圳、六安两市灯谜学会名誉会长。

骆 岩

谜面	谜底
上线办谜会,全部得按铃(成语,下楼)	一网打尽

　　网上猜谜按铃即打1。

小雨催寒著客袍(成语)	一衣带水
应望天涯有远思(成语)	不近人情
盘诘部属知羞否(成语,卷帘)	不耻下问
谈笑取高第(成语)	乐在其中
横笛一声空泪流(成语)	乐极生悲
曲中识诉君心苦,不道人听更凄楚(成语)	乐极生悲
樽前若取谋臣计(成语)	安邦定国

　　面出胡曾《咏史诗·鸿门》。

遣我开扉对晚空(成语)	自立门户
打从上诉,振作坚毅(成语)	自告奋勇
再次拜会刘刕将军(成语)	两面三刀

　　刘刕小名三刀,字流芳。东汉末著名将领。

断山欲雨自生烟（成语）	居高临下
昼夜战且役（成语）	明争暗斗
我本闺中一钗裙，公主请看耳环痕（成语）	郎才女貌

　　面出黄梅戏《女驸马》。

波痕尽处忽掀怒（成语）	流里流气
醉眠聊自适（成语）	高枕无忧
唯获张照青睐（成语）	得天独厚

　　张照，初名默，字得天、长卿，清代书法家。

乱山急雨佐吾愁（成语）	落落寡欢
非风即雨断人肠（成语）	落落寡欢
开始题字尚留心（成语，卷帘）	意在笔先
息徒依胜境（6字成语）	立于不败之地

骆岩，1975年6月生，安徽合肥人。合肥市灯谜协会副秘书长。

唐盛才

独女嫁好汉（成语）	一字不差
斌字全分开（成语）	乃文乃武

会谈(成语)	人云亦云
二本(成语)	入木三分
沪(成语)	三星在户
大雨滂沱盼郎归(成语)	下里巴人
玩完之后,笨笨下来(成语)	元元本本
屋漏更遭连阴雨(成语)	天下一家
孑然一身行雨中(成语)	天下独步
猜影名(成语)	打成一片
属下报告,递给领导(成语)	交头接耳
摆下接风酒(成语)	曲意逢迎
相反(成语)	有板有眼
聊聊天,猜猜谜(成语)	吹吹打打
顺道看货货架空(成语)	言之无物
双层列车对开,八点交会(成语)	轰轰烈烈
孕妇无伴离开家(成语)	挺身独出
苔峣观光步履轻(成语)	高山景行
老夫驾鹤去(3字成语)	亡是叟
藏语(5字成语)	一言以蔽之
单打摘银,双打夺冠(6字成语)	一而二,二而一

唐盛才,1958年10月生,四川岳池人。洛阳市工人文化宫谜协副会长。

徐官礼

独离爱妾天滂沱(成语) —— 一别如雨
乍看便知已落榜(成语) —— 一览无余
太太对错要点出(成语) —— 大是大非
田已分光没咱份(成语) —— 不留余地
医生岂只是男儿(成语,卷帘) —— 中郎有女
百年曾是几多时(成语) —— 为期不远
话已说完懒动笔(成语,卷帘) —— 书不尽言
细雨如丝苔痕绿(成语) —— 天下苍生
跳槽之人占多数(成语) —— 少不更事
双方独女恁放任(成语) —— 心口如一
比干惧听卖菜声(成语) —— 心不在焉
堆(成语) —— 半截入土
文远不识文长知(成语) —— 生张熟魏
只怨放翁休唐婉(成语) —— 光怪陆离
曹操一书疏韩马(成语) —— 字里行间
湘莲应知袭人事(成语) —— 寻花问柳

179

一把手酒量惊人(成语)	当头棒喝
沈园何处放翁词(成语)	作壁上观
首次拍裸戏,当红成一号(成语)	初露头角
灯前犹觉丰姿改,白头涉水去寻夫(成语)	寿灵失步
从人怪异无一语(成语,卷帘)	言不诡随
递上名片不再躲(成语)	举刺无避
不打不相识(成语)	总角之交
依然一脸淫邪气(成语)	面不改色
多次上当,难记哪桩(成语)	数典忘宗

徐官礼,1949年6月生,浙江临海人。临海市灯谜协会副会长。

徐锦忠

白子布子有变化(成语)	一了百了
货车连运十八月(成语)	一年半载
百分之九十更换了(成语)	一成不变
云长啊云长(成语)	一语双关
秦桧罢官,高宗退位(成语)	不相上下

几乎人人换岗位（成语）	少不更事
缺斤少两，屡遭鄙视（成语）	无足轻重
面对责难心坦然（成语）	见怪不怪
挖掘水井太草率（成语）	打马虎眼
旧疾复发命呜呼（成语）	生老病死
岁逢大有干劲足（成语）	年富力强
长期醉心奥数题（成语）	老谋深算
发言音太轻，听众有意见（成语）	低声下气
棋到紧处怕失着（成语）	局促不安
挺着大肚子，无法来赴会（成语）	怀才不遇
对野蛮行为放任不管，又结识了些狐朋狗友（成语）	纵横交错
未说到"卿子冠军"（成语）	言不及义

"卿子冠军"指宋义，楚令尹。秦二世二年，楚怀王以为上将军，号卿子冠军。三年，为项王所斩。

历尽艰辛谱歌曲（成语）	苦中作乐
丈夫发福妻减肥（成语）	重男轻女
自谓独身，言语不多（成语）	称孤道寡
专款不专用，马上便傻眼（成语）	移花接木
一听有孕，笑逐颜开（成语）	喜闻乐见
本没存希望，却点火成功（5字成语）	不期然而然
有雨就全好办了（5字成语）	天下无难事
五处点火，二处未成（5字成语）	着三不着两
我字当头干劲差（7字成语）	心有余而力不足

徐锦忠，1968年生，浙江温岭人。温岭市灯谜协会会长。

晏礼峰

谜面	谜底
此书乃是西天佛书（成语）	一本正经
汕尾汕头两相聚（成语）	山重水复
此地没有家装材（成语）	不出所料
解剖专家（成语）	分身有术
乖乖嫁给写书的（成语，卷帘）	文从字顺
看来不少都是羊城通（成语）	见多识广
博学来自博览（成语，卷帘）	见多识广
外销走上程序化（成语）	出口成章
途中又生一流派（成语）	半路出家
银发好像刚长出（成语）	白头如新
娶进妻来好兴奋（成语）	讨人喜欢
分手没有添东西（成语）	别无长物
高楼大厦天天起（成语）	层出不穷
送给丈夫防身术（成语）	奉公守法
提琴二胡同伴奏（成语）	拉拉扯扯

照片官司真叫怪（成语）	拍案惊奇
挥手示意，战败挥旗（成语）	举不胜举
此道单行，禁止双行（成语）	说一不二
超凡绝非偶然（成语）	盖世无双
乔迁小巷起纠纷（成语）	搬弄是非

晏礼峰，1961年3月生，江西南昌人。江西省民协灯谜专业委员会会长。

莫志刚

自晨起至今，才完五百画也（成语）	万夫莫当

面出《贤奕编·应谐录》。

清风两袖朝天去（成语）	于心无愧

面出明·于谦《入京》。"于"指于谦。

立之涂，匠者不顾（成语）	大材小用

面出《庄子·逍遥游》。

今日病矣，予助苗长矣（成语）	不能自拔

面出《孟子·公孙丑》"揠苗助长"故事。

酒阑展卷山窗下(成语) 书香门第

  面出明·董其昌《兰》。

汝忘会稽之耻邪(成语) 勾心斗角

  面出《史记·越王勾践世家》"卧薪尝胆"故事。"勾"指勾践。

真卿辨狱而雨,郡人呼"御史雨"(成语) 天下为公

  面出《新唐书·颜真卿传》"御史雨"故事。

开东阁以延贤人(成语) 见好就收

  面出《汉书·公孙弘传》"东阁待贤"故事。

快剪刀除辫(成语) 以理服人

  面出清·章炳麟《狱中赠邹容》。

天帝烧掷坤舆图(成语) 打成一片

  面出清·陈三立《短歌寄杨叔玫,时杨为江西巡抚令大红十字会日俄战局》。

但年年映取柳阴千尺(成语) 永垂不朽

  面出清·朱彝尊《玉人歌》。

幸赖夕阳下(成语) 立此存照

  面出晋·谢朓《咏墙北栀子》。

犹讶一分亏(成语) 光明正大

  面出宋·范仲淹《八月十四夜月》。底读为"光明/正大"。

青,取之于蓝,而青于蓝(成语) 好好先生

一路山花不负侬(成语) 好色之徒

  面出宋·杨万里《明发西馆炊蔼冈四首》。"徒"为徒步之意。

百钱挂杖无时醉(成语) 当头棒喝

  面出宋·陆游《纵游》。

拍案叫绝倾金罍(成语)　　　　　　　　　　　　曲尽其妙

　　面出清·蒲松龄《泛邵伯湖》。

朕顾思之,恐不免斯过。公卿侍臣可书之于笏,知而必谏也(成
语)　　　　　　　　　　　　　　　　　　　　　自寻短见

　　面出《新唐书·魏徵传》"以人为鉴"故事。

恐被圈圈圈到老(成语)　　　　　　　　　　　　自圆其说

　　面出清·童钰《画梅诗》。

志欲小天下,特来登泰山(成语)　　　　　　　　自高自大

　　面出明·杨继盛《登泰山》。

夫子步亦步,夫子趋亦趋(成语)　　　　　　　　行之有效

太祖乃悟,卒用其人(成语)　　　　　　　　　　听之任之

　　面出《宋史·赵普传》"补牍"故事。

不改向阳心(成语)　　　　　　　　　　　　　　来日方长

　　面出宋·刘克庄《葵》。

投笔新从定侯远(成语)　　　　　　　　　　　　秀出班行

　　面出明·夏完淳《鱼服》。班,指班超。

敢曰悬屏而画雀(成语)　　　　　　　　　　　　命中注定

　　面出清·蒲松龄《四月代人遣侄女再醮启》。

人之将死,其言也善(成语)　　　　　　　　　　故作斯文

素葩多蒙别艳欺(成语)　　　　　　　　　　　　洁身自好

　　面出唐·陆龟蒙《白莲》。

为我妇而有外心,不可畜(成语)　　　　　　　　适得其反

　　面出《吕氏春秋·遇合》。反,通返。

莫以今日宠,能忘旧日恩(成语)　　　　　　　　息息相关

面出唐·王维《息夫人》。前一"息",指息夫人;后一"息",滋生也。

候潮至,逆而射之,由是渐退(成语)   钱可通神

    面出宋·孙光宪《北梦琐言》"钱王射潮"。神,指海神。

良工锻炼凡几年(成语)   唯利是图

    面出唐·郭震《古剑篇》。

故国凄凉谁与问(成语)   惨无人道

    面出宋·王珪《金陵怀古》。底读为"惨/无人道"。

升堂坐阶新雨足(成语)   粗枝大叶

    面出唐·杜甫《山石》。下句"芭蕉叶大栀子肥"。

个个花开淡墨痕(成语)   脱颖而出

    面出元·王冕《墨梅》。

凡为甲,必先为容(成语)   著作等身

    面出《考工记·函人》"量体裁衣"故事。等,作等待解。

长坂桥头杀气生(成语)   虚张声势

    面出《三国演义》第四十二回。张,指张飞。

一千五百年间事,只有滩声似旧时(成语)   感激不尽

    面出宋·陆游《楚城》。

烈火焚烧若等闲(成语)   漠然置之

劝君金屈卮,满酌不须辞(成语)   鼓足干劲

    面出唐·于武陵《劝酒》。

郑生今去,吾道东矣(成语)   融会贯通

    面出《后汉书·张曹郑(玄)列传》。融,指马融。

吹落琼花满世间(5字成语)   大白于天下

为其老,强忍,下取履(5字成语) 温良恭俭让

面出《史记·留侯世家》"圯桥进履"故事。良,指张良。

我的祖先早已把我的一切烙上中国印(6字成语) 万变不离其宗

荷尽已无擎雨盖(6字成语) 成败在此一举

但恐输租卖我牛(6字成语) 家丑不可外扬

面出明·高启《牧牛词》。

横看成岭侧成峰(7字成语) 上梁不正下梁歪

英雄含笑上刑场(7字成语) 置之死地而后快

莫志刚,1953年7月生,浙江湖州人。湖州市民间文艺家协会副主席兼谜学部主任。

袁廷福

洒尽满衿泪(成语) 一衣带水

乐观(成语) 一睹为快

小楼一夜听春雨(成语) 下落不明

扼杀在摇篮中(成语) 小时了了

翼德逞凶招杀身(成语) 飞来横祸

赶快救火（成语）	不可磨灭
别难过（成语）	不欢而散
路，靠自己去开拓（成语）	不得要领
解剖专家（成语）	切身体会
五湖四海皆朋友（成语）	天下无敌
依乎天理，批大郤，导大窾（成语，卷帘）	心如刀割

面出《庄子》"庖丁解牛"故事：臣以神遇而不以目视，官知止而神欲行。依乎天理，批大郤，导大窾。

再走一步必输（成语，卷帘）	手下败将
景点服务第一流（成语）	优哉游哉
干工作总爱拖拉（成语）	好事多磨
面部角质难祛除（成语）	死皮赖脸
彩铃来势凶猛（成语）	声色俱厉
面包（成语）	其貌不扬
见多识广，永无烦恼（成语）	知足常乐
违规超车引灾难（成语）	胡越之祸
简表（成语）	要言不烦
明月满前川（成语）	浮一大白
没有来电不赴约（成语）	爱才如命
伤心丧失性功能（成语）	悲痛欲绝
破晓（成语）	毁于一旦
适逢千禧年，谜坛砖头飞（新成语）	正龙拍虎
星岛漂移山潜影（3字成语）	一牛鸣
擒拿高手（3字成语）	执牛耳

戏弄油嘴滑舌者(3字成语)	耍花腔
领先离家,各自走之(3字成语)	逐客令
推上断头台,全身直打颤(5字成语)	快刀斩乱麻
斑痕消失鬓如霜(6字成语)	有志不在年高
改革面面俱到(6字成语)	一而二,二而一
人间烟火(8字成语)	上不着天,下不着地
愚公尾生见精神(8字成语)	逢山开路,遇水搭桥

袁廷福,1965年2月生,福建柘荣人。柘荣县灯谜协会副会长。

郭炳茂

三十年河东,三十年河西(成语)	一世之雄

其内涵为英雄三十年一轮,三十年为一世。

当其欣于所遇(成语)	一家之说
书勋本是读书人(成语)	乃武乃文

杨乃武字书勋。

诚斋此去扶摇路(成语)	万里鹏程

杨万里字诚斋。

炀帝佳偶陈宣华（成语） 广结良缘

　　隋炀帝杨广与宣华夫人结良缘。

张达范疆谋反事（成语） 飞来横祸

　　事见《三国演义》第八十一回，张飞被杀。

战猇亭先主得仇人（成语） 马首是瞻

　　面为《三国演义》回目。

未知真相莫发言（成语） 不明不白

却看妻子愁何在（成语，调首） 内顾之忧

除于神仙添祸难（成语，卷帘） 凶多吉少

　　事见《三国演义》第二十九回，除去于吉孙策亡。

跳槽换业多如是（成语） 少不更事

当归之量应多些（成语） 文无加点

　　当归别名文无。

逢人只说三分话（成语） 无聊至极

自明运数白居易（成语） 乐天知命

　　白居易字乐天。

春风得意马蹄疾（成语） 乐在其中

大木蒙赐易称呼（成语，卷帘） 功成名遂

　　郑大木蒙隆武帝赐名"成功"。

欲自修改，而年已蹉跎，终无所成（成语） 处心积虑

　　面出《世说新语·自新》。周处心中的积虑。

太冲意在居上位（成语） 左思右想

　　左思字太冲，居上位即无出其右者。

朝如青丝暮成雪（成语） 白首相知

三影言辞惊四座（成语） 先声夺人
　　张先世称张三影。

鲁阳挥戈而三舍（成语） 回光返照
　　面出王捧珪《日赋》。

后山居士敬家君（成语） 师道尊严
　　陈师道号后山居士。

新构铜雀图藏娇（成语） 迁乔之望
　　事见《三国演义》第四十八回。

东山终为苍生起（成语，卷帘） 坐卧不安
　　面出温庭筠诗。谢安不卧也不坐，而是起立。

太祖押赌丢华山（成语） 孤注一掷

公穆不觉犹为乐（成语，卷帘） 欣然自喜
　　典见《世说新语·简傲》："喜不觉，犹以为欣。"吕安题凤而去。嵇喜字公穆。

明察秋毫贺季真（成语） 知章知微
　　贺知章字季真。

关云长单刀赴会（成语） 威凤一羽
　　面为《三国演义》第六十六回回目，内有"当年一段英雄气"句。

但使龙城飞将在（成语） 胡作非为
　　胡人之作难为。

因天下之失望，顺宇内之推心（成语） 敬业乐群
　　面出《讨武曌檄》。徐敬业为群众所乐从者。

细雨骑驴入剑门（成语） 游山玩水

  陆游山路上玩雨水。

一来结束非凡,二者人才出众(成语)   超然不群

  面为《三国演义》第六十五回刘备观马超语。马超诚然不群。

徐市楼船觅仙山(成语)   福如东海

  徐市也称徐福。

口吐珠玑王怀祖(成语)   蓝田出玉

  王述字怀祖,袭爵蓝田侯,人称王蓝田。

能屈能伸苏味道(成语)   模棱两可

  苏味道人称苏模棱。

谋董卓孟德献刀(成语)   操戈入室

  面为《三国演义》回目。

文举必能全悟透(成语)   融会贯通

  孔融字文举。

郭炳茂,广东潮安人。

陶维松

白露沾我裳(成语)   一衣带水

则竖刁、易牙、开方可以弹冠相庆矣（成语）	三生有幸
一夜红雨桃花谢（成语）	下落不明
童话（成语）	小而言之
乐团（成语）	不欢而散
伏击战（成语）	不寒而栗
白（成语）	乌有先生
万管玉箫颂华夏（成语）	乐在其中
鋆（成语）	平分秋色
张居正（成语）	目不斜视
依法纳税受表彰（成语）	交口称赞
落红处处闻啼鸟（成语）	有声有色
不才明主弃（成语）	知人善任
老莱子娱母乐开怀（成语）	哄堂大笑
闺中只独看（成语）	是非之地
叶公缘何落魂逃（成语）	活龙活现
张飞乃回嗔作喜，下阶喝退左右，亲解其缚，扶严将军高坐（成语）	笑逐颜开

面出《三国演义》。颜，严颜。

文体（成语）	著作等身
空白（成语）	虚有其表

陶维松，1939年1月生，重庆云阳人。重庆市灯谜学会理事，广西民协灯谜学会顾问。

高玉舜

谜面	谜底
十有八九没改动(成语)	一成不变
履约(成语)	一成不变
新浪上的谜都猜出来了(成语)	一网打尽
有件衬衫没甩干(成语)	一衣带水
乐购(成语)	一笑置之
败火(成语)	不胜其烦
离境(成语)	不着边际
头痛医头脚痛医脚(成语)	分而治之
五彩云霞空中飘(成语)	天真烂漫
一开门就疼得刺挠(成语)	无关痛痒
还是去一下为好(成语)	无往不利
若是放松还得失败(成语)	如释重负
一走路腿就麻(成语)	行将就木
望中犹记(成语)	过目不忘
因有身孕难得一见(成语)	怀才不遇
刚刚进入风景区(成语)	恰到好处

藏起来的是个探子（成语）	掩人耳目
旧被（成语）	盖有年矣
老舍（成语）	盖有年矣
发财了，出名了，坐出租，被抢了（成语）	趁火打劫
踏上归途（6字成语）	反其道而行之

高玉舜，1945年3月生，辽宁沈阳人。沈阳市和平区灯谜学会副会长，沈阳市灯谜学会理事，北京谜友联谊会会员。

崔永凯

难得嫁出去了（成语）	一字不易
建设汕头与汕尾，服从分配心无悔（成语）	人山人海
面临改革更辛劳（成语）	三十而立
依侍亲前尽本分，真心相待伴终生（成语）	三位一体
父亲帮忙，打赢官司（成语）	大功告成
斩获美誉终开怀（成语）	大言不惭
初次斗殴，免予逮捕（成语，双钩）	不拘一格
四载一直呵护，再次打开心怀（成语）	不置可否

欲言征讨乏时日,六出无方留叹息(成语)	双双对对
年轻职未改,徒招后患增(成语,回文)	少不更事
一米让与邻,高士了前怨(成语)	计上心来
筹谋资助没房户(成语)	计无所施
重山残城飘古音(成语)	出口成章
漂泊十载作游吟,提及后事心生悲(成语)	古是今非
立于楼头凭高望,内心空叹难双栖(成语)	任人唯亲
淘沙为生太吃力,尤其难期得早休(成语)	优胜劣汰
不上替补也能赢(成语)	先发制人
携游"渔都",再聚"泉城"(成语)	同舟共济
破关掠城终定乏(成语)	成人之美
抛却凡心怀始解,伴夫白首研烂柯(成语)	机不可失
亭前从见倾城貌,便期月下携子归(成语)	坐享其成
行快棋易落险(成语)	局促不安
终于得芳睐,心间始无怅(成语)	来日方长
秋霜如画枫红半(成语)	和风细雨
有心重上电大,开始自修(成语)	奄奄一息
豪宅难打理,莫如换小房(成语,回文)	居大不易
再打吗啡后,着手去护理(成语)	非驴非马
安抚之后泪水收,寻找机遇心不怯(成语)	相去无几
走了没几步,絮叨一大堆(成语)	说长道短
只因劣势无力挽,撤下城头谋转移(成语)	积少成多
向来不曾制谜(成语)	素未谋面
眼前尚思归田去,终得脱贫无后忧(成语)	赏心悦目

挂帅征塞北,二子来相助(3字成语) 　　　　　一字师

冉冉趋近,两分面生(6字成语) 　　　　一而再,再而三

唯闻状元何人中,未晓榜眼落谁家(8字成语)

　　　　　　　　　　　　　　　　只知其一,不知其二

弟子未曾论棋,却能独创怪招(8字成语)　桃李不言,下自成蹊

崔永凯,1981年10月生,山东青岛人。猜灯谜互动社区理事。

章春民

唯独老公称娘子(成语) 　　　　　　　　　一夫当关

是知阳报由阴施(成语) 　　　　　　　　　一以当十

　　面出唐·周昙《春秋战国门孙叔敖》。"阴"扣"一","阳"扣"十"。

为君书此报京华(成语) 　　　　　　　　　一字连城

有过错但一一改(成语) 　　　　　　　　　三寸之舌

紫毫一管能癫狂(成语) 　　　　　　　　　下笔成章

当日来到高僧处(成语) 　　　　　　　　　天上人间

万顷熔成银世界(成语) 　　　　　　　　　天下大白

一夜雨声三月尽（成语）	天下回春
白雨跳珠乱入船（成语，卷帘）	水则载舟
红叶题诗出御沟（成语）	风行水上
敢有歌吟动地哀（成语）	乐极生悲
醉来只唱山中曲（成语）	对酒当歌
为缘春笋钻墙破（成语）	节外生枝
生涯画笔兼诗笔，踪迹花边与柳边（成语）	图文并茂
添之无碍减无妨（成语）	或多或少
瓜瓢豆荚迎船卖（成语）	招摇过市
胆大包天后罪重（成语）	非日非月
惊雷势欲拔三山，急雨声如倒百川（成语）	威震天下
书中自报刀头约（成语）	将本求利
有意指派高手去（成语）	差强人意
应系星辰天上去（6字成语）	死无葬身之地

　　面出唐·唐彦谦《重经冯家旧里》："应系星辰天上去，不留英骨葬人间。"

章春民，1964年9月生，浙江温岭人。

黄全来

受帝宠,育一子二女(成语,卷帘)	三生之幸
于是废先王之道,焚百家之言,以愚黔首;隳名城,杀豪杰;收天下之兵,聚之咸阳,销锋镝,铸以为金人十二,以弱天下之民(成语,卷帘)	义不帝秦

面出贾谊《过秦论》。

豪门府上通殷勤(成语)	大势所趋
令媛原学医科的(成语,卷帘)	中郎有女
胸膛好像有横杠(成语)	心口如一
重到十五叹离别(成语)	支支吾吾
书生模样被小瞧(成语)	文人相轻
玄德既亡蜀人忧(成语)	无备乃患
高官为息屈和愤(成语)	长平冤气
世人皆知灵隐活佛(成语)	以公济公

济公出家灵隐寺,有"活佛"之称。

料因厌作人间语(成语)	民不聊生
地耗星、地明星、天闲星(成语)	白马公孙

　　地耗星白胜,地明星马麟,天闲星公孙胜,都为《水浒传》人物。

说好不必尽高雅(成语)　　　　　　　　　　约定俗成
神雕大侠尚逊一筹(成语)　　　　　　　　　过犹不及
　　神雕大侠即杨过,《神雕侠侣》中的主角。
仍在河南心未定(成语)　　　　　　　　　　犹豫不决
父兄(成语)　　　　　　　　　　　　　　　将伯之呼
带愤起跑终夺魁(成语)　　　　　　　　　　怒发冲冠
店外折杨柳,二人举杯别(成语)　　　　　　麻木不仁
字是彦先号东溪(成语,卷帘)　　　　　　　登高一呼
　　宋人高登,字彦先,号东溪。
未许在一天,口头发通知(6字成语)　　　　不可同日而语
献策迎得义帝归(8字成语半句)　　　　　　计上心来
　　义帝即楚怀王孙心。

黄全来,1985年6月生,河南泌阳人。河南省民协灯谜学委员会会员,长安文虎社社员。

黄宜耀

当代百家成语灯谜精选

日雨交加还更耐(成语)   不时之需

任期未缩短(成语)   不减当年

乘月夜歌还(成语)   无功而返

  面为王绩诗句。王绩字无功。

狂风簸枯榆(成语)   气急败坏

因为体态和外貌受赞扬(成语)   以身相许

我即是汝父也(成语)   出口成章

  面出《聊斋志异·牛成章》。

愁来攒入怀(成语,卷帘)   处心积虑

右相谋乱窃王业(成语)   目空一切

风里柳花点点飘,又见鸟栖椰树中(成语)   杀鸡取卵

一置高山一沉水(成语)   此起彼落

芳菲已落六十日(成语)   花前月下

朕所忧烦无子嗣(成语)   孤苦零丁

鼻涕垂颐渠不管(成语)   放任自流

每起相思,情终更笃(成语)   青梅竹马

心悲不复可明断（成语）	非日非月
古巷神迹皆伪托（成语）	故弄玄虚
克念作圣（成语）	胜者为王
反扒行动，事先保密（成语）	捉摸不透
三更共对松树下，访者方别两宽衣（成语）	衮衮诸公
便愁云雨又难寻（成语）	惨无人道
籍曰："彼可取而代也。"（成语，上楼）	替天行道
庆湖石湖皆不对（成语）	铸成大错

庆湖为贺铸，石湖为范成大。

使治屋宅，作水碓（6字成语）	既来之，则安之

面出《三国志·张既传》。

黄宜耀，1974年9月生，汕头人。汕头市职工灯谜协会秘书长，互动谜社副社长。

黄筑筠

万事俱备，只欠东风（成语）	一气呵成
不足为外人道也（成语）	一家之言

阴间有雨(成语)	九泉之下
雁阵南飞已望断,黄鹤远上白云间(成语)	人去楼空
天皇恩泽似海深(成语)	上善若水
这样执着究竟为什么(成语)	下落不明
顾生(成语)	反眼不识
投入地笑一次(成语)	乐在其中
欲说当年好困惑(成语)	去日苦多
只盼那太阳落西山沟(成语)	任人唯亲
我乃操刀鬼,他是锦毛虎(成语)	名正言顺
九月九酿新酒,好酒出自咱的手,好酒……(成语)	曲尽其妙
人间那得几回闻(成语)	曲高和寡
越不熟悉越要念(成语)	老生常谈
想当年,金戈铁马,气吞万里如虎(成语)	自告奋勇
送战友,踏征程(成语)	别具一格
米(成语)	纵横交错
未若柳絮因风起,洒向人间尽是春(成语)	花天酒地
余音绕梁,三日不绝(成语)	其乐无穷
寝室是寝室,饭厅是饭厅(成语)	卧不安席
须变化才能把握未来(成语)	顺手牵羊
荆轲献图暗自喜(成语)	笑里藏刀

黄筑筠,1962年12月生,贵州桐梓人。贵阳市灯谜协会副会长。

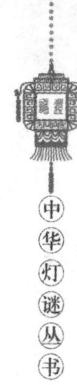

黄增荣

弈棋起步,不走帅士相车炮兵(成语)	一马当先
混沌初开(成语)	天壤之别
赴渭水恭请子牙归(成语)	礼尚往来
蛇年前后显活力(成语)	龙马精神
孤舟无桨江上漂(成语)	任其自流
后进咸阳甘称臣(成语)	先入为主
中低层已无空房(成语)	后来居上
最终得了"富贵病"(成语)	后患无穷

心脑血管病雅称为"富贵病"。

高歌一曲,一夜走红(成语)	有声有色
千里来寻故地(成语)	老马识途
误了岁赋上缴期(成语)	忘年之交
理发之后又美容(成语)	改头换面
影片对话系配音(成语)	言不由己
春山临近秋水流(成语)	眉来眼去
向老人讲话须简练(成语)	说长道短

航班出现劫机者(成语)	乘人之危
到东村已是初昼(成语)	得寸进尺
汗(成语)	蜻蜓点水
重播录像不再看(成语)	熟视无睹

黄增荣,1933年10月生,福建福州人。龙岩市职工谜协会长,龙岩市新罗区文联灯谜学会顾问。

彭金元

还是老样子(成语)	一反常态
嫁鸡随鸡,嫁狗随狗(成语)	一字不易
手术成功,起死回生(成语)	刀下留人
随风潜入夜(成语)	下落不明
居家戒争讼(成语)	不可告人
万径人踪灭(成语)	不足为道
末位淘汰制(成语,掉尾)	不善辞令
嫁个老公欠了账(成语)	匹夫有责
终朝只恨聚无多(成语)	心怀不满

三两残花白堤东（成语）	比比皆是
蜂蝶纷纷过墙去（成语）	气味相投
"张"字打成了"引"字（成语）	长驱直入
复职之后前程无量（成语）	任重道远
对策（成语）	并驾齐驱
内事不决问张昭，外事不决问周郎（成语）	权宜之计
才如子建，貌若潘安（成语）	两全其美
施惠莫图报（成语）	供不应求
吁请保外就医（成语）	呼之欲出
与邻为善、以邻为伴（成语）	所向无敌
曲终收拨当心画（成语）	指挥若定

彭金元，1930年生，浙江丽水人。丽水市民协灯谜专委会副主任。

赖　兴

志士仁人俱往矣，音容宛在今空念（成语）	一心一意
旦将真心解愁心（成语）	一日三秋
飞鸽入京续前情（成语）	一鸣惊人

先前想提拔,排名却靠后（成语）	口是心非
旱情严重,赶紧支援（成语）	大干快上
湖心松柏半枯绝（成语）	古香古色
挖石填土一整日（成语,卷帘）	地平天成
再次败北,逃之千里（成语）	负重致远
不使人间造孽钱（成语）	取予有节
蒙君指点对棋局（成语）	承上启下
粮食匮乏广求援（成语）	空谷传声
被誉为"民国长城""民国起义首功之人"是何人也（成语,卷帘）	美其名曰
网上下载之后却没有保留（成语）	荡然无存
命途多舛妾泪盈（成语）	倒背如流
重要官员落马,量刑绝不拖延（成语）	高下立判
世间能有几人闲（成语,卷帘）	累见不鲜
军卒分两路,放翁特威猛（成语）	散兵游勇
更容一夜抽千尺（成语,卷帘）	鞭长莫及

面出唐·李贺《昌谷北园新笋》。鞭,竹根;莫,通暮,夜晚。

首道谜即被猜中（6字成语,下楼）	破题儿第一遭
惟愿孩儿愚且鲁（8字成语半句）	求生不能

赖兴,1973年生,福建永定人。永安市燕江谜社理事。

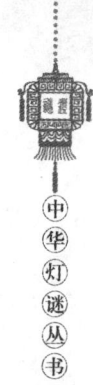

辞　明

基层工人组装设备（成语）	一线生机
枯树丁配美妻（成语）	三寸金莲
武大郎人称"三寸枯树丁"。	
一失足整日悲切（成语）	口是心非
处子嫁个无能婿（成语）	不破不立
八月秋高风怒号，卷我屋上三重茅（成语）	气急败坏
从里斯本回到马德里（成语）	以牙还牙
张子房（成语，求凰）	对簿公堂
去年一滴相思泪，今年方流到腮边（成语）	有容乃大
这是孔子非宝玉（成语）	有眼无珠
天天搬弄是是非非，日日四处挑拨离间（成语）	吞吞吐吐
两句三年得，一吟双泪流（成语）	妙语连珠
明驼千里还故乡，爷娘出郭相扶将（成语）	走马观花
好朋友晓得那事（成语）	知己知彼
鹅毛雪，倾盆雨（成语）	落花流水
除夕（成语）	满载而归

旱情亟待缓解（5字成语） 　　　　　　　　　马上得天下

情系胶东，岳父乔迁（6字成语） 　　　　　　人心齐，泰山移

朝廷昏君醉生梦死，关外八旗觊觎中原（8字成语）

　　　　　　　　　　　　　　　　　当局者迷，旁观者清

华亭鹤唳难复闻（8字成语） 　　　　　　　　机不可失，时不再来

　　晋人陆机，因卷入"八王之乱"，被害，刑前叹曰："华亭鹤唳，岂可复闻乎？"

眼看就要降雨，消雨作业收工（10字成语）

　　　　　　　　　　　　　　　　　马上得天下，下马治天下

前任助理出色，接任助理难做（10字成语）

　　　　　　　　　　　　　　　　　先下手为强，后下手遭殃

轻咬对方樱桃口，紧握柔弱无骨指（12字成语）

　　　　　　　　　　　　　　　　　吃人家的嘴软，拿人家的手软

辞明，1975年4月生，山东龙口人。龙口灯谜组织负责人。

蔡　芳

破折号怎么短了半截（成语） 　　　　　　　　　　一之为甚

何谓"八刀"（成语）	一分为二
独有圣人能明察（成语）	一孔之见
《红楼梦》与《莺莺传》（成语）	一石二鸟
珠泪纷纷湿绮罗（成语）	一衣带水
滩头依然少人行（成语）	一衣带水
孔门弟子贤人多（成语）	七十二行
巧作次韵得佳篇（成语）	七步成诗
随风潜入夜，润物细无声（成语）	下落不明
任（成语）	千人一面
全力改革已奏效（成语）	大功告成
跨入壬午年，胜利在眼前（成语）	马到成功
但闻人语响（成语）	不见经传

面出唐·王维《鹿柴》："空山不见人，但闻人语响。"

久闻大名，无缘一面（成语，双钩）	不见经传
对影成三人（成语）	乌合之众
大雨没法抵得住（成语）	天下无敌
出路全无援兵绝（成语）	失道寡助
万国皆戎马（成语）	打成一片
大家面上都有光（成语）	众望所归
樊於期愿将首级付荆轲（成语）	刎颈之交
公安派出机构，领导全部配齐（成语）	各有所长
号称全真教（成语）	名不虚传
一生（成语）	如牛负重
伏路把关甘受穷（成语）	守道安贫

意色举止,不异于常(成语)	安然如故

面出《世说新语·雅量》:"谢公(谢安)与人围棋,俄而谢玄淮上信至,看书竟,默然无言,徐向局。客问淮上利害,答曰:'小儿辈大破贼。'意色举止,不异于常。"谜底"安"借指谢安。

下棋下得昏了头(成语)	当局者迷
重担压在肩,步行五万米(成语,双钩)	百里挑一
神雕侠尚未抵达(成语)	过犹不及

金庸小说《神雕侠侣》中的杨过,人称"神雕侠"。

文章墙报有看头(成语)	作壁上观
纳其规谏,委以要职(成语)	听之任之
目前还是当科员(成语)	来日方长
《木兰辞》中妙句多(成语)	花言巧语
叫嚣乎东西(成语)	言之有物
口头协定,成效翻番(成语)	言约功倍
《道德经》至今不绝(成语,上楼)	言犹在耳

耳,借指李耳,即老子。

UDS(成语)	杯弓蛇影
登首山以呼庚癸(成语)	空谷传声
闲来无事二月间(成语)	空空如也
身在草庐旁,志存万里外(成语)	舍近求远
陈达先行,杨春断后(成语)	虎头蛇尾
为何比作如山倒(成语,下楼)	败军之将
好风凭借力(成语)	青云直上

面出《红楼梦》中薛宝钗词句:"好风凭借力,送我上青霄。"

明摆着是错的（成语）	非日非月
对就对，错就错（成语）	是是非非
唯一升至县团级（成语）	独到之处
书生气十足（成语，卷帘）	神来之笔
免于刑事处分（成语，卷帘）	罚不当罪
既讲优点，又讲缺点（成语）	说长道短
侃吃在庐州（成语）	食言而肥
两个牵挂在心中（成语）	胸有成竹
共怜时世俭梳妆（成语）	难至节见

面出秦韬玉《贫女》诗："谁爱风流高格调，共怜时世俭梳妆。"

窃以为不可自大（成语，调尾）	做贼心虚
灾难降于顺治朝（成语）	祸与福临
甲申千里会婵娟（成语）	猴年马月
历尽贫寒头已白（成语，卷帘）	皓首穷经
小儿戏说信陵君（成语）	童言无忌
至又不言去不闻（成语）	销声匿迹
夜深静卧百虫绝（成语）	销声匿迹

面出韩愈《山石》诗："夜深静卧百虫绝，清月出岭光入扉。"

向壁虚构无中生（成语）	隔墙有耳
谁解其中味（成语，下楼）	痴人说梦

面出《红楼梦》第一回："满纸荒唐言，一把辛酸泪。都云作者痴，谁解其中味。"

吾（6字成语）	前言不搭后语
君今在罗网（8字成语半句）	一夫当关

蔡芳,1953年10月生,福建尤溪人。中国民协灯谜学术委员会活动协调部副部长,福建永安燕江谜社社长。

蔡建荣

单骑征蜀中(成语)	一马平川
凿壁夜读书(成语)	一孔之见
煎服(成语)	一衣带水
屈臂伸颈到莲池(成语)	一步登天
落花逐浪流(成语)	一败如水
清泪偷将暗夜流(成语)	下落不明
暴富之后生淫心(成语)	大有起色
长兄任职检察院,幺弟就业反贪局(成语)	大法小廉
眉锁秋波荡(成语)	山不转水转
仁焉而终,智焉而毙(成语)	山穷水尽
山路倾仄鸟啼急(成语)	不平则鸣
伤离别(成语)	不欢而散
难道(成语)	不易之论

扬帆撒网整三旬(成语)	水中捞月
舍南舍北(成语)	水火之间
杜十娘沉宝,林黛玉焚诗(成语)	水火无情
翼王垂泪离天京(成语)	水落石出
东风化雨,桃花如云(成语)	车水马龙
孔子之书,子建之才(成语)	车载斗量
败绩告与东家知(成语)	北道主人
夏后便是农忙时(成语)	多事之秋
立刻赴马上任(成语)	当务之急
刚上任便去找小姐(成语)	当行出色
典铺里面任掌柜(成语)	当家做主
生来娉婷年已笄(成语)	成人之美
落雁之貌,羞花之容(成语)	两全其美
哪里像生病?别再推托了!(成语)	何患无辞
想起诉信用社,遭各家拒绝(成语)	告贷无门
高楼皆居有钱人(成语)	层出不穷
只因身有孕,难把对象找(成语)	怀才不遇
叶公一见吓半死(成语)	来龙去脉
驰骋千里看木兰(成语)	走马观花
沮(成语)	近水楼台
如厕应言出恭(成语)	便辞巧说
仙人已驾黄鹤游(成语)	神不守舍
脊梁冒汗人惊悚(成语)	背水一战
玉麒麟梁山翻船,黑旋风浔阳落江(成语)	顺水推舟

紫薇徘徊皇宫外（成语）	格格不入
从源头遏制贪污（成语）	流水不腐
经理与老董并非嫡亲（成语）	都头异姓
参劾全有真实据（成语）	弹无虚发
余泪未干,蛾眉待描（成语）	剩山残水
疑是银河落九天（成语）	源远流长
邻室月光映小青（成语）	壁间蛇影
武梁王不得前进（5字成语）	三思而后行
走回头路（6字成语）	改其道而行之
你我有共同点（6字成语）	彼一时,此一时

独夫青史尽空言,百姓口述当知真（8字成语）

　　　　　　　　　　一人传虚,万人传实

喜欢在家干活,讨厌外地求生（10字成语）

　　　　　　　好事不出门,恶事传千里

蔡建荣,1967年5月生,浙江温岭人。温岭市灯谜协会会员。

蔡祖德

谜面	谜底
游子重逢在中原（成语）	一了百了
夜阑卧听风吹雨（成语）	下落不明
如来佛普度众生，孟姜女哭倒长城（成语）	大慈大悲
盲人摸象，似扇，似柱，似墙，似蛇（成语）	不识大体
人情薄如纸（成语）	天高地厚
听口令：向左转！（成语）	无出其右
一曲离歌两行泪（成语）	乐极生悲
少生优育，民富国强（成语）	多难兴邦
八卦炉中逃大圣（成语）	安然无恙
绿树晴鸦叫未休（成语）	有声有色
日暮乡关何处是（成语）	有所不知
躺着，心静如止水（成语）	坐立不安
心照而不宣（成语，卷帘）	知己知彼
粒粒皆辛苦（成语）	食不甘味
曹植七步成诗，张旭挥毫写字（成语）	疾风劲草
时时勤拂拭（成语）	望尘莫及

留长发（成语）	置之不理
站得高，看得远（3字成语）	势利眼
摆短（6字成语）	不足为外人道
贾天祥正照风月鉴（8字成语）	当面是人，背后是鬼

蔡祖德，1942年11月生，广东潮阳人。

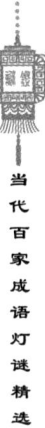

蔡秋湖

个个都在打哆嗦（成语）	人自为战
天下疑难拧一团（成语）	大惑不解
眉含黛，眼盈泪，更显娇态（成语）	山清水秀
闭上眼睛，刎颈而死（成语）	不顾利害
五一本该搞卫生（成语）	六根清净
双枪手走后，菜园子上道（成语）	平步青云
尽早阅读便知晓（成语）	先见之明
连夜伺候添愁绪（成语）	多事之秋
欲语潜然泪便垂（成语）	行云流水
全已成人未娶亲（成语）	齐大非偶

说了反而没好处（成语，卷帘）	妙不可言
老道一定得离开（成语）	陈言务去
从头到尾没来过重庆（成语）	始终不渝
纵使相逢应不识（成语）	直面人生
悄悄搬走莫声张（成语，卷帘）	知人不易
诺诺连声对不对（成语）	是是非非
一听声音，不敢入内（成语）	闻者足戒
相见仍是风流性（成语）	面不改色
大闹凌霄宝殿，脚踹森罗冥府（成语）	惊天动地
斫其正，养其旁条，删其密，夭其稚枝，锄其直，遏其生气（成语）	梅花三弄
乐得春风海上来（成语）	喜气洋洋
后天下之乐而乐（成语）	落成之喜
遥看瀑布挂前川（成语）	源远流长

蔡秋湖，1946年9月生，福建厦门人。厦门市灯谜协会理事，同安区灯谜协会副会长。

裴　靖

儿童谜会儿童乐翻天（成语）	小打小闹
刚刚认得他（成语）	才识过人
爷爷数了大半天（成语）	长久之计
姑子怎能变妗子（成语）	古往今来
自幼就能计数用心思（成语）	打小算盘
此去殷都话灯谜（成语）	在商言商
婚嫁人人皆俊秀（成语）	字字珠玉
神医看罢身痊愈（成语）	安然无恙
台上只有京胡、月琴、锣鼓在忙（成语）	行当无事
莫让不认识的人进门（成语）	别开生面
未见山妖，狩猎摘果（成语）	没精打采
糊里糊涂莫做官（成语）	明白了当
吊唁（成语）	终有一别
说说家乡好风光（成语）	表里山河
屋中时见狗屎食（成语）	家常便饭
若有红包就跟着（成语）	唯利是从

忧喜皆因拆字谜（成语）	悲欢离合
习《诗品》看《释诂》（成语）	温文尔雅
黄眉包收众天将，猴王销号闹森罗（成语）	装神弄鬼
馍馍做熟天大亮（成语）	蒸蒸日上
谎称丢失现真相（成语）	暴露无遗

裴靖，女。1952年10月生，陕西子洲人，现居西宁。春风谜社副社长。

潘洁妹

四时更变化（成语）	一年容易
有泪沾牛衾（成语）	一衣带水
为乐且及辰（成语）	一时之说
兴来会作飘然去（成语）	于飞之乐
无言对空枰（成语）	不在话下
去去勿复道（成语）	不辞而别
一笑解愁肠（成语）	乐以忘忧
丝竹缓离愁（成语）	乐以忘忧

飞絮落花和细雨(成语)	以谢天下
东西正相望(成语)	左顾右盼
心怀百虑复千忧(成语,卷帘)	多事之秋
人生事事不如意(成语)	安常处顺
会是相逢白发生(成语,卷帘)	老成之见
白发始相逢(成语,卷帘)	老成见到
为我结茅茨(成语)	自成一家
去去无相识(成语)	别开生面
只为风流有许愁(成语)	忧形于色
永向扶桑老(成语)	来日方长
于辞无所假(成语)	言不及义
不堪更话当年事(成语)	陈言务去
勿辍读书声(成语)	念念不忘
有气干牛斗(成语)	星星之火
几见银蟾自圆缺(成语)	盈虚有数
亦宾亦主乐乎哉(成语)	说东道西
不在封侯骨相中(成语,卷帘)	难能可贵
开迟愈见凌霜操(成语)	黄花晚节
早晚重相见(成语)	朝朝暮暮
飞红万点愁如海(成语)	落落寡欢
从今便有公卿望(5字成语)	心之官则思
尖脐犹胜团脐好(6字成语)	一蟹不如一蟹

潘洁妹,1975年1月生,广东澄海人。澄海灯谜协会副秘书长,澄

海红头船谜社副社长。

薛茂章

谜面	谜底
每当家中困难,夫妻便要商谈(成语)	一穷二白
集体照(成语)	一拍即合
报务员按键(成语)	一触即发
壬(成语)	千载一会
退稿说明(成语)	不刊之论
冒牌货(成语)	不打自招
战前由我去征兵(成语)	不打自招
人和(成语)	天下无敌
亲信生病(成语)	心腹之患
只准进东门(成语)	无出其右
架起天线,图像清晰(成语)	立竿见影
白(成语)	有声有色
先主若在,不失街亭(成语)	有备无患
夏天(成语)	有朝一日
包二奶事发,只好去自首(成语)	负荆请罪

收容（成语）	其貌不扬
蒙面人（成语）	其貌不扬
向赛跑冠军鼓掌（成语）	拍手称快
仰泳决赛（成语）	背水一战
师傅休息还得奖（成语）	徒劳无功
税法知识讲座（成语）	照本宣科

薛茂章，1946年10月生，江苏盐城人。宁夏灯谜学会副会长，银川市灯谜学会名誉会长。

魏希洪

秀才得中纳小妾（成语）	一举两取
这宗生意售有余（成语）	一笔勾销
祸害咱老百姓（成语，卷帘）	人人自危
化蝶（成语，卷帘）	人情世故
入坑下窑规则明（成语）	井井有条
面壁十年图破壁（成语）	长久之计
垂帘听政管群臣（成语）	后发制人

重驾战机炸广岛(成语)	回天倒日
翼德战孟起(成语)	两虎相争
卢方蒋平战玉堂(成语)	两鼠斗穴
中原尚未定(成语)	犹豫不决
秀才十年寒窗苦(成语)	知人不易
四面楚歌声近(成语,卷帘)	败军之将
往来无白丁(成语)	贫贱之交
二排前往看分明(成语)	非日非月
红棋尽遣车马炮(成语)	按兵不动
换旧符大唐开国(成语)	桃李天下
只有佩剑不离身(成语)	唯利是从
婚夜诱妾狎(成语)	教妇初来
北风凛冽刺骨寒(成语)	盛气凌人
揳入原孔内(成语)	眼中之钉
下井监察不放松(成语)	眼中之钉
小荷才露尖尖角(成语)	脱颖而出
导至石湖擦肩过(成语)	铸成大错
船火儿途中遇雨(成语)	横行天下

魏希洪,1953年5月生,河南安阳人。河南省民协灯谜学委员会副会长。

魏育涛

舞袖倾东海（成语）	一衣带水
翩翩衫袖泪双垂（成语）	一衣带水
独自闲行独自归（成语）	一步一趋
和雨还穿户（成语）	一屋之下
独宿空房泪如雨（成语）	一屋之下
过雨重云黑（成语）	下落不明
飘蓬且喜云生屐（成语）	于飞之乐
千丈阴崖百丈溪（成语）	山高水长
却于无处分明有（成语，双钩）	不了了之
雨洗月逾洁（成语）	天下大白
一足独拳寒雨里（成语）	天下无双
窈窕非人间（成语）	天作之美
对户即连峰（成语）	开门见山
珠玑满路旁（成语）	文以载道
与君各赋一篇诗（成语）	王者之风
刻烛催诗又一回（成语）	风风火火

谜面	谜底
作诗与同游（成语）	风行一时
意中愁绪真难说（成语）	乐于此道
繁弦脆管西陵路（成语）	乐于此道
欢娱难得莫辞频（成语）	乐不可支
湘弦洒遍胭脂泪（成语）	乐极生悲
一枝啼血洒春空（成语）	叫苦连天
思结在黎民（成语）	布衣之交
展开眼界放平心（成语）	目不邪视
天将今夜月，一遍洗寰瀛（成语）	光明正大
岂但秾华谢桃李（成语）	好色之徒
一自美人和泪去（成语）	如鱼得水
日愿太平归旧里（成语）	安然如故
谈笑过残年（成语）	老有所乐
旅怀空自清（成语）	行之有素
言未出口泪满腮（成语）	行云流水
好景满前难着语（成语）	妙不可言
驱除拥蔽扬清光（成语）	弃暗投明
笔阵戈矛合（成语）	纸上谈兵
散作乾坤万里春（成语）	花花世界
杨柳风高酒斾轻（成语）	花枝招展
欲将归信问行人（成语）	言犹在耳
往事何堪说（成语）	陈言务去
自是丰年有笑声（成语）	其乐无穷
都留歌吹忆年丰（成语）	其乐无穷

不管波涛四面生(成语)	放任自流
酒杯触发诗情动(成语)	春风得意
还见波涛恐我时(成语)	背水一战
笔飞墨走精灵出(成语)	草间求活
咫尺应须论万里(成语,双钩)	说长道短
朗然恢廓旧容仪(成语)	面不改色
千里共襟期(成语)	胸怀大志
言既无庸默不可(成语)	能说会道
至今有句落人间(成语)	谈吐不凡
顿开牢笼乐心窝(成语)	喜不自禁
几许欢情与离恨(成语)	悲喜交集
愁闻一霎清明雨(成语)	落落寡欢
乾坤空落落(成语)	谢天谢地
通宵道意终无尽(成语)	黑白不分
换得年年一度来(成语)	满载而归
万里琼瑶厚盈尺(5字成语)	大白于天下

魏育涛,1972年6月生,广东汕头人。汕头市灯谜学术委员会常务副主任。

成语灯谜集锦

谜面	谜底/作者
夜总会（成语，双钩）	相见无日/于庆顺
飞泉挂碧峰（成语）	山高水长/于庆顺
错把竟字写成竞（成语）	一字之差/于庆顺
人间交道绝（成语）	在所不辞/马兴创
胜负已分哨吹响（成语）	不平则鸣/马兴创
——对西部批示（3字成语）	逐客令/马兴创
夫子步亦步，夫子趋亦趋（成语）	行之有效/王化民
朝升夕没照均平（成语）	黑白分明/王化民
双雕（成语）	左右为难/厉国栋
去时雪满天山路（成语）	行之有素/厉国栋
搜尽枯肠得一言（成语）	白费心机/叶晓来
万里归心对月明（成语）	回光返照/叶晓来
打开天窗说亮话（成语）	不明不白/叶晓来
幽篁深处雁阵飞（成语）	竹中有人/甘溪忠
请你告诉我是对还是错（成语）	不知好歹/刘　渝
拔河赛（成语）	以退为进/刘　渝

杀颜良、诛文丑、温酒斩华雄（成语）	性命交关/刘　渝
改天再议（成语）	不可同日而语/刘庆斌
当场表决全体通过（成语）	举手投足/刘庆斌
两口成双过十五（成语）	支支吾吾/刘铁跟
父母之命，媒妁之言（成语）	不由自主/刘铁跟
七子救驾六子归（成语）	一去不返/刘犇孝
矮脚虎拥镇清风寨（成语）	占山为王/刘犇孝
襟三江（成语）	一衣带水/刘犇孝
首次摸彩中大奖（成语）	一触即发/孙文荣
立定！（成语）	令行禁止/孙文荣
比干谏而死（成语）	心不在焉/庄卓林
女大十八变，愈变愈好看（成语）	成人之美/庄卓林
单相表（成语）	一面之词/朱一鸣
没有最好，只有更好（成语）	止于至善/朱一鸣
腹中天地阔（成语）	宽大为怀/朱一鸣
做领导就要做正职才叫好（成语）	当头一棒/朱本木
西施曹操得怪病（成语）	痛心疾首/朱本木
路标（成语）	志同道合/邢华旭
书圣（成语）	下笔有神/邢华旭
朝前走，莫回头（成语）	早出晚归/邢华旭
范进中举喜狂奔（成语）	及时行乐/邢华旭
笋因落箨方成竹（成语）	脱颖而出/邢华旭
捡到东西要归还（成语）	不可收拾/闫　涛
玄奘西行何所图（成语）	一本正经/闫　涛

茅台宋河五粮液，生产流程一样精（成语）	异曲同工/闫　涛
提起领导无话谈（成语）	说长道短/闫　涛
绕树三匝，何枝可依（成语）	下落不明/闫　涛
换班时要关机（成语）	不可开交/闫　涛
羞颜未尝开（成语）	其貌不扬/余　禾
生米如何变成粥（成语）	左右开弓/吴添生
钢琴培训办家中（成语）	寓教于乐/吴添生
鬓云撩乱不曾梳（成语）	毫无拘束/吴添生
常住户口，很少迁移（6字成语）	长安居大不易/吴添生
队伍已过青纱帐（成语，卷帘）	出人头地/张文生
篇章错了，别落款了（成语）	文不对题/张文生
写作可否添分数（成语）	文不加点/张文生
镜头对准重叠山（成语）	出将入相/张伟雄
一枝红杏出墙来（成语）	泄露春光/张伟雄
瓷盘当锣，砂锅为鼓（成语）	不堪一击/张伟雄
是进亦忧，退亦忧（成语）	乐在其中/张伟雄
担心皮肤受感染（成语）	内忧外患/张恒茂
差点囊括七项冠军（成语）	身怀六甲/张恒茂
振臂示意大家肃静（成语）	举止言谈/张恒茂
空枪瞄准练射击（成语）	弹无虚发/张恒茂
张家口（成语，卷帘）	门户之见/张顺社
双方在外打起来（成语）	格格不入/张顺社
凿壁借光何处寻（成语）	隔墙有耳/张留顺
速战速决把敌歼（成语）	不可磨灭/张留顺

破墙入室,抢劫一空(成语)	凿壁偷光/张留顺
咫尺应须论万里(成语)	长话短说/张留顺
独在异乡为异客(成语)	与众不同/张维仁
张松献地图(成语)	开卷有益/张维仁

典出《三国演义》,张松献的是益州地图。

五岳归来不看山(成语)	至高无上/张维仁
吉隆坡决策人物(成语,双钩)	高头大马/张维仁

港澳及东南亚一带称"马来西亚"为"大马",以马来西亚首都"吉隆坡"指代国家,底依格为"大马的高层头头"之意。

阴阳割昏晓(成语)	黑白分明/张维仁
厕所(成语)	方便之门/李方正
陌头香骑动春心(成语)	走马观花/李方正
但为君子心(成语)	胸有成竹/李方正
分明安排在左右(成语)	日东月西/李玉虹
领导作报告,简单又扼要(成语)	长话短说/李玉虹
分明前辈又来见(成语)	非日非月/李玉虹
秋日离别生恋情(成语)	香火因缘/李玉虹
打边鼓(成语)	旁敲侧击/李玉虹
限时十五分(成语)	刻不容缓/李成昌
闲敲棋子落灯花(成语)	下里巴人/李成昌
恐怖分子劫航班(成语)	乘人之危/李成昌
外贸合同已签约(成语)	出口成章/李明会
欢乐极矣哀情多(成语)	悲喜交集/李明会
区宇以宁(成语)	一字之差/李明富

谜面	谜底/作者
人身如今陷囹圄（成语）	一体相关/李明富
拆迁一时上下乱（成语）	三寸之舌/李明富
每到赶集来演出（成语）	逢场作戏/李明富
专业领导（成语）	一技之长/李英杰
门道（成语）	一家之言/李英杰
世事如棋局局新（成语）	下不为例/李英杰
春山秋水留恋人（成语）	眉目传情/李著成
老挝首都改旧貌（成语）	万象更新/李著成
杏（成语）	上下交困/杜心宁
B超验明没怀儿（成语）	子虚乌有/杜心宁
代为来客撰春联（成语）	与人作对/杜心宁
设计悬浮列车（成语）	图谋不轨/杜心宁
此去照看待孕妇（成语）	兹事体大/杜心宁
无心感恩，据实以待（成语）	前因后果/杜心宁
后面库房均储存（成语）	前所未有/杜心宁
孟德汗湿征袍（成语）	曹衣出水/杜心宁
结婚照（成语）	一拍即合/杜玉树
教龄（成语）	有生之年/杜玉树
山寺桃花始盛开（成语）	后起之秀/杜玉树
夜来风雨声（成语）	下落不明/汪扬善
伦（成语）	造化弄人/汪扬善
初次见面就心许（成语）	一相情愿/沈双义
对就对错就错（成语）	是是非非/沈双义
败绩连连心犯愁（成语）	不胜其烦/肖伯成

发廊停业起骚乱（成语）	无理取闹/肖伯成
住宿高级宾馆（成语）	投其所好/肖伯成
答允（成语）	一言一行/苏启隆
新婚妇（成语）	匹夫之刚/苏启隆
长城十日游（成语）	一日千里/陆建堡
竞争上岗,冒汗下淌（10字成语）	人往高处走,水往低处流/陆建堡
退潮看见珊瑚礁（成语）	水落石出/陆建堡
必（成语,双钩）	归心似箭/陆建堡
举国上下齐欢庆（成语）	乐在其中/陆建堡
教坛春秋（成语）	有生之年/陆建堡
女大十八长漂亮（成语）	成人之美/陆建堡
琼剧晋京汇演（成语）	南腔北调/陆建堡
万丈红泉落（成语）	高山流水/陆建堡
点点杨花入砚池（成语）	混淆黑白/陆建堡
连续雨天担忧多（成语）	落落寡欢/陆建堡
举杯三分尽（成语）	一干二净/陈　德
冠军休养生息,亚军继续努力（成语）	一不做,二不休/陈　德
家家悬柳枝（成语）	井井有条/陈　霄
甚矣书生无一用（成语）	文人相轻/陈　霄
举目汶川,人人抹泪；重点助学,全须珍惜（成语）	文从字顺/陈　霄
赈灾捐款箱（成语）	有国难投/陈　霄
观众奖影片全播（成语）	百花齐放/陈　霄

出川中，收蓟北，施攻心略，中原文化归一统（成语）
百花齐放/陈　霄

分明两处心悲切（成语）
非日非月/陈　霄

桑柘废来犹纳税，田园荒后尚征苗（成语）
贫贱之交/陈　霄

你看我那三寸丁谷树皮（成语）
眇小丈夫/陈　霄

左右佩剑者（成语）
唯利是从/陈　霄

撑杆一跃没人超（成语）
至高无上/陈士平

尺寸之间山海连（成语）
一脉相承/陈旭昭

　　脉由寸、关、尺三部分组成。

闭嘴（成语）
一窍不通/陈旭昭

上官云（成语）
头头是道/陈旭昭

重奖人口论（成语）
夸夸其谈/陈旭昭

腹内天地阔（成语）
宽大为怀/陈松柏

律师（成语）
以法为教/陈松柏

戒严（成语）
令行禁止/陈松柏

夜久语声绝（成语）
不明不白/陈松柏

亦可附之以博笑（成语）
助人为乐/陈松柏

明日复明日（成语）
天外有天/陈绪雄

空中对接成功（成语）
天作之合/陈绪雄

创名优要出正品（成语）
不可造次/陈绪雄

有话就在今天说（成语）
同日而语/陈绪雄

私自离岗，多天未回（成语）
旷日持久/陈绪雄

愿东家食西家宿（成语）
二姓之好/陈锦麟

自称臣是酒中仙（成语）
当头棒喝/陈锦麟

谜面	谜底/作者
破帽遮颜过闹市（成语）	其貌不扬/陈锦麟
给我一个支点，我可把地球撬起（成语）	举重若轻/陈锦麟
长坂坡后烟尘飞，长坂坡前独拒敌（成语）	虚张声势/陈锦麟
哭嫁（成语）	一字不爽/周松林
富家子弟全落榜（成语，卷帘）	无中生有/周松林
描写钟离春（成语）	刻画无盐/周松林
金牌银牌大盘点（成语）	数一数二/周松林
国际妇女节（成语）	一世之雄/林文义
云吞（成语）	自食其言/林文义
兄长登程母心哀（成语）	大发慈悲/林松龄
变换工作是常情（成语）	少不更事/林松龄
阴疑于阳（成语）	以一当十/林松龄
房改之后心自安（成语）	处变不惊/林松龄
穷极绝顶不见君（成语）	至高无上/林松龄
天下人烦恼（成语）	落落寡欢/林松龄
倭匪逼临，首领焉可避让（5字成语）	日近长安远/林松龄
亲力亲行求良谋（5字成语）	自以为得计/林松龄
受命于败军之际（成语）	不胜其任/林清富
到点就演唱（成语）	及时行乐/林清富
造纸术，创在前（成语）	无与伦比/林清富
等是有家归不得（成语）	无所适从/林清富
欲速则不达（成语）	无疾而终/林清富
梨园子弟散如烟（成语）	优哉游哉/林清富
人过四十睡眠少（成语）	自强不息/林清富

今诸君徒能得走兽耳,功狗也(成语)	何许人也/林清富
与富贵人家为邻(成语)	隔墙有耳/林清富
哪有小的说话的份(成语)	微不足道/林清富
独生子(成语)	一丁不识/侯南宁
水上救生员(成语)	人浮于事/侯南宁
室内徒四壁,生财却有道(成语)	穷家富路/侯南宁
质本洁来还洁去(成语)	一尘不染/俞敦诗
买(成语)	大同小异/俞敦诗
壬午实现夺冠目标(成语)	马到成功/俞敦诗
春雨绵绵妻独宿(成语)	天下无双/俞敦诗
大阪打工,遭遇坎坷(成语)	去日苦多/俞敦诗
毕竟东流去(成语)	百折不回/俞敦诗
两袖清风真堪赞(成语)	妙手空空/洪育敏
截断潮头折残戈(成语)	一朝一夕/洪育敏
莽乾坤能得几人闲(成语,卷帘)	累见不鲜/洪育敏
开会同时到基层(成语)	人云亦云/胥登品
债台高筑声显赫(成语)	久负盛名/胥登品
徽钦二宗被劫持(成语,上楼)	不由自主/胥登品
两个各自喝闷酒(成语)	互不相干/胥登品
蜂寻花香飞拢来(成语)	气味相投/胥登品
急兄仇翼德遇害(成语)	飞来横祸/赵丛照
抑郁症缠身,牛皮癣难愈(成语)	内忧外患/赵丛照
结伴首航会泉城(成语)	同舟共济/赵丛照
后进咸阳扶保在朝纲(成语)	先入为主/赵丛照

胶州湾大桥未修通（成语）	青黄不接/赵丛照	
BP机（成语）	遥相呼应/唐增桥	
张行（成语）	走着瞧/唐增桥	
保持美貌当丁克（成语）	绝代佳人/唐增桥	
十五分钟内必须完成（成语）	刻不容缓/唐增桥	
双雄（成语）	左右为难/袁松麒	
农村地方志（成语）	本乡本土/袁松麒	
侏儒独守候（成语）	低人一等/袁松麒	
空谈（成语）	言之无物/袁松麒	
小刀会（成语，双钩）	比比皆是/袁松麒	
首个热带风暴带来降水（成语）	一气之下/袁春晖	
在雨中，我送过你（成语）	上下有别/袁春晖	
二十四小时没有分开过（成语）	天作之合/袁春晖	
请君暂上凌烟阁，若个书生万户侯（成语）	斗方名士/袁春晖	
岐山四围秋雨声（成语，双钩）	余音绕梁/袁春晖	
幢幢白屋小楼新，政策兴农已脱贫（成语）	层出不穷/袁春晖	
少之时，血气未定，戒之在色（成语，卷帘）	来日方长/袁春晖	
晚有儿息渐成人（成语）	夜郎自大/袁春晖	
若七日内主灯不灭，吾寿可增一纪（成语）	油然而生/袁春晖	
世无英雄作何解（成语）	差强人意/袁春晖	
品行堪佳谭鑫培（成语）	德高望重/袁春晖	

谭鑫培，著名京剧演员，工老生，曾演武生。本名金福，字望重。

红灯停（成语）　　　　　　　　　　　　　　望而却步/顾祖荣

瞎凑合（成语）	不见不散/梁建广
整页填满专家简况（成语）	一表人才/梁信德
一再涂鸦而得之（成语）	三写成乌/梁信德
结婚之后闹矛盾（成语）	成双作对/黄文龙
来生还要当园丁（成语）	后世之师/黄文龙
既然报到岂更改（成语）	来之不易/黄文龙
连续无故不上班（成语）	旷日持久/黄文龙
佛堂吟诵从未断（成语）	经久不息/黄文龙
起搏器（成语）	震撼人心/黄清明
宦官（成语）	大势已去/黄清明

　　古时男子阉割称"去势"。

方寸如今化作灰（成语）	心不在焉/黄清明
姐妹婚配自择偶（成语）	各适其适/富一民
达摩练功何为奇（成语）	作壁上观/富一民
雨打螃蟹螃蟹跑（成语）	横行天下/富一民
女子征婚说登报（成语）	讨个公道/富一民
围棋对弈，点目心慌（成语）	局促不安/富一民
笛子、大鼓我都会（成语）	自吹自擂/谢克英
下基层（成语）	脚踏实地/谢克英
冠军服上汗犹在（成语）	一衣带水/谢德峰
平生谈节义，两姓事君王，进退都无据，文章哪有光（成语）	一钱不值/谢德峰

　　面为乾隆题钱谦益《初学集》诗句。

若要归佛门，还须多挑担（成语）	如释重负/谢德峰

舍命保得丹青在（成语）	救亡图存/谢德峰
刚别嵩山,分头参战（成语）	才高八斗/韩庆铭
岁首登峰雨不停（成语）	山高水长/韩庆铭
不识浪里白条,深知神火将军（成语）	生张熟魏/韩庆铭
秋来上路择良辰（成语）	黄道吉日/韩庆铭
清点盘面,分明赢了半子（成语）	一目了然/熊 瑞

　　围棋中一目等于半子。

号令虎将,能得天下（成语）	呼风唤雨/熊 瑞
听说有坐台小姐,乐得跳起来（成语）	闻鸡起舞/熊 瑞
行人伫立赏满月（成语,卷帘）	望而却步/熊 瑞
好书先读序和跋（成语）	瞻前顾后/熊 瑞
加班计划（成语）	一五一十/潘汝淦
早晚均闻木鱼声（成语）	卜昼卜夜/潘汝淦
掌上明珠押上注（成语）	千金一掷/潘汝淦
冯谖三叹费思量（成语）	无所用心/潘汝淦
饮料落尘别再喝（成语）	水土不服/潘汝淦
领导通行专用（成语）	头头是道/潘汝淦
就怨码头难靠岸（成语）	光怪陆离/潘汝淦
决堤（成语）	冲口而出/潘汝淦
话费耗完不再开（成语,卷帘）	机关用尽/潘汝淦
名牌劳力士,机芯都各异（成语）	表里不一/潘汝淦
身处逆境志更坚（成语,卷帘）	强人所难/潘应祥
却道天凉好个秋（成语）	冷言冷语/潘应祥
木偶会演获大奖（成语）	拿手好戏/潘应祥

后　记

　　成语和谜语(灯谜)是汉语言文字中的两朵奇葩。凡使用汉语的人,谁都会记得许多成语,谁也都或多或少地猜过谜语(灯谜)。成语灯谜,是以成语为谜底,运用各种灯谜创作手法来解读成语的,她完美地实现了两种汉语言文字艺术的结合——通过猜灯谜来了解成语典故,通过读成语来掌握灯谜知识,相得益彰。

　　成语是经过长期使用、锤炼而形成的固定短语,来自于古代经典或著作、历史故事或口头故事,意思精辟,往往隐含于字面意义之中,不是其构成成分意义的简单相加,具有意义的整体性。它结构紧密,一般不能任意变动词序,抽换或增减其中的成分,具有结构的凝固性。其形式大多为四字,也有一些三字和超过四字的。

　　成语来源很早,但成语灯谜的历史并不久远,比字谜要晚得多。《中华谜书集成》所列历代谜书中常见谜目的简称别称中,还没有"成语"出现。清代又一村居士的《灯谜偶存》目录,分为39种,没有成语。民国时期流行较广的《春谜大观》,是当时上海规模最大的灯谜社团——萍社的灯谜作品汇辑本,该书按谜目编排,计有40余种谜目,称得上一部大型谜集了,其中已经有了新

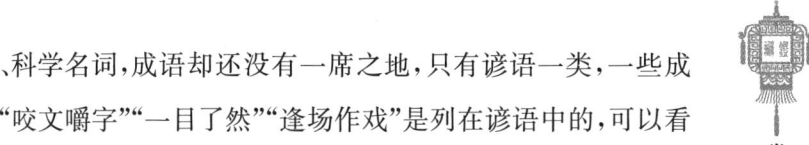

名词、科学名词,成语却还没有一席之地,只有谚语一类,一些成语如"咬文嚼字""一目了然""逢场作戏"是列在谚语中的,可以看作是早期的成语灯谜。当然,查较早的谜书,也会有极少现在作为成语而当时还是作为古籍文句的词句出现在谜语中,如清代费源《玉荷隐语》所附《群珠集》中就有一则"旧恶(《易经》一句) 匪夷所思"。民国时期著名谜家顾震福《跬园谜稿》有了"成言"谜目,收有"胸有成竹""草木皆兵""守株待兔"等常见成语,可见当时"成语"名称还未出现或流行,"成言"就是"成语"了。现在能看到最早标为"成语"谜作的,是民国时期重要谜家张起南的作品,在《张黎春灯合选录·橐园春灯录》中,直接标为"成语"的有三则,其中最著名的当属"打渔杀家(成语) 恩将仇报"一则,在谜底中将"恩情"的"恩"别解成《水浒传》人物施恩的"恩",另外标为"谚语"的"一毛不拔""少年老成",现在也是作为成语的。

在当代,成语灯谜是仅次于字谜的灯谜大项。目前收录谜作最多的《中国谜语库》,共收录14万条,其中成语7000余条,约占全书的5%。该书大体依《辞海百科词目分类索引》并参考图书分类法分类,谜目分为20多个大类,上百个小类。虽然成语是作为"语词"大类下的小类,其谜作数量却要超过一些大类的总和。坊间出版过一些成语灯谜专辑,大多是辗转传抄或由非灯谜作者搜集编写的,一般不是原创作品并且不注明作者。质量较高的仅有武骝、崔月明编著的《中国成语灯谜大典》,收录古今成语灯谜两万余条,以笔画为序排列,很方便查找。

可以说,当代每一位灯谜作者都曾创作过成语灯谜,每一部谜书谜刊中都收录有成语灯谜,而且每天都有新的成语灯谜问世。全国灯谜信息社举办的"海内外灯谜创作大赛",历时近一载,参赛千余人,在海内外灯谜界影响极大,大赛所评选的第一条佳谜,就是"废除官员终身制(成语二) 不可一世、原封不动/葛志全作";最佳灯谜100条中,成语谜就有11条,占10%强。"中国成语典故之都"邯郸市还举办过"邯郸成语"全国灯谜创作赛,并出版有与邯郸有关的成语灯谜专辑。

为了总结当代成语灯谜创作成果,展示当代灯谜作者不同风格的成语灯谜,我们面向灯谜界广泛征稿,编选了本书。本书从102位灯谜作者的两万余条来稿中,精选了近5000条成语灯谜作品,以作者姓氏笔画为序编排,每人附有个人简介;"成语灯谜集锦"收录了其他69位作者部分成语灯谜作品。这些作者中,既有吴仁泰、严宗达等老一辈谜家,也有当代谜坛宿将文木、田鸿牛、伍耿怀、赵首成、苏德友、方炳良、蔡芳、武骝等,更有叶曙光、陈继耿、苏颖、黄全来、崔永凯等新生代及80后谜人。他们的成语灯谜风格各异,精彩纷呈,有的典雅古朴,有的清新活泼,有的幽默风趣,有的明白如话。我们还注意到谜作中出现了一些网络新成语如"秋雨含泪""正龙拍虎"等,这正是成语灯谜在新世纪繁荣发展的例证。

本书编选完成之际,中华灯谜图书馆、郭龙春谜书奖评审委员会和山西长治市总工会、长治市职工谜协将要联合召开中华谜书编著与收藏座谈会,本书的许多作者将要参加会议,会议议题有谜书编著与选题座谈、谜书收藏心得交流等。我们期待座谈会对促进中华谜书的编著与出版起到积极的作用。

2013年8月4日